U0075902

HARRY POTTER

AND THE CURSED CHILD

PARTS ONE AND TWO

J.K. Rowling

John Tiffany & Jack Thorne

A NEW PLAY BY **Jack Thorne**

被詛咒的孩子

✵ 第一部&第二部 ✵

J.K. 羅琳 J.K. Rowling

約翰·帝夫尼 JOHN TIFFANY & 傑克·索恩 JACK THORNE—原創故事
傑克·索恩 JACK THORNE—劇本執筆

J. K.羅琳

約翰・帝夫尼 & 傑克・索恩

－全新原創故事－

傑克・索恩

－劇本執筆－

由

索妮亞・弗利德曼製作公司、

(Sonia Friedman Productions)

柯林・凱蘭德，

(Colin Callender)

以及

哈利波特劇場製作公司

(Harry Potter Theatrical Productions)

共同監製

倫敦西區製作公司

(Original West End Production)

－原創劇本－

最終收藏版

獻給進入我的世界，

表現傑出的傑克·索恩。

——J. K.羅琳

獻給喬伊、路易斯、麥克斯、

桑妮、梅爾……等全體巫師。

——約翰·帝夫尼

獻給二〇一六年四月七日出生的艾略特·索恩。

我們彩排時，他咯咯地笑了。

——傑克·索恩

Contents

一場關於閱讀劇本的對話 013

第一部

第一幕 023

第二幕 123

第二部

第三幕 215

第四幕 309

幕後製作 387

二〇一七年創意及製作團隊 392

原創故事團隊簡介 398

致謝 403

哈利波特家譜 404

哈利波特大事記 406

✵一場關於閱讀劇本的對話✵

導演約翰・帝夫尼與劇作家傑克・索恩

傑克　我讀過的第一個劇本是《約瑟的神奇彩衣》（*Joseph and the Amazing Technicolor Dreamcoat*）。當時我讀小學，非常興奮。現在記不清了，但我想我主要是想從裡面尋找我的台詞。是的，我當時是個乳臭未乾的小鬼頭，而且，是的，我要扮演約瑟。我閱讀的下一個劇本是《銀劍》（*The Silver Sword*），由伊安・塞拉利爾（Ian Serraillier）著作的經典青少年小說改編的戲劇。我沒有在裡面扮演主角——我想我扮演的是「第三位男孩」或什麼的。我很想飾演劇中的埃德克・巴利基（Edek Balicki），我願意付出一切去飾演埃德克，可惜我的表演生涯在那之前就一蹶不振了。當時我九歲。

約翰　我九歲時讀的第一個劇本是《孤雛淚!》（*Oliver!*）（即使當時年紀還小，我就依稀知道那個驚嘆號意味著它是一齣音樂劇——那是《孤雛淚》……有歌唱的！），我曾在哈德斯菲爾德業餘歌劇協會於一九八一年監製的舞台劇中飾演同名的孤兒角色。我不記得我曾嘗試改變我的口音，所以我們的演出一定是一部重塑狄更斯原著的奇怪作品，劇中奧利佛的母親設法來到西約克郡一所濟貧院生產。和你一樣，我把劇本從頭看到尾尋找我的台詞。我記得我還特別出去買了一枝黃色螢光筆，以便在我的劇本中把奧利佛的台詞標示出來，像我的其他同劇演員那樣。顯然，我當時以為這樣做能顯示你是個經驗豐富的表演者。只不過後來那個「小扒手道奇」（Artful Dodger）指出，我不但要把台詞標示出來，還必須用心去背它們。就這樣我閱讀劇本的課程開始了。

傑克　我真希望我看過你的《孤雛淚》和你標示重點的劇本，我一直很欣賞你早期的棕色導演筆記。我的劇本——一直如此——有很多折角，上面寫了許多難以辨識的註解，而且還沾了嬰兒的嘔吐物（好吧，嘔吐物是最近新增的）。

那麼，你認為應該如何閱讀劇本？可以怎樣閱讀劇本？當我嘗試為發行劇本撰寫舞台說明時——在我們即將開演前的最後那幾週趕工期間——我真的非常擔心這一切。我記得在排演時我們刪除一大段文字，因為演員毫不費力地用一個眼神與表情就能溝通，所以不需要我寫的那些台詞了。這個劇本是為一個特定的演員群組而創作的，但其他人也要扮演角色。讀者必須想像那些角色，像導演一樣。

你第一次閱讀一部劇本時，你尋找的是什麼？

約翰

身為導演，第一次讀一部新劇本是極為珍貴的。它是你第一次以最接近觀眾的視角去觀賞這個劇本的演出。閱讀一部已完成的劇本應該要能讓我們進入這個故事、它的角色，以及編劇在探討的主題。一部劇本能讓我們又哭又笑，它能帶我們感受故事中的歡樂，同時又能使我們為它的角色遭遇苦難而感到深深的絕望。一部劇本要建構一場完全實際呈現的演出，和一個能與觀眾分享的經驗。

作為編劇，當你在編寫一部劇本時，你想像了多少這種充分的體驗？你在打字時會大聲說出那些角色的台詞嗎？

傑克

我比這更嚴重，我的一舉一動會變得像他們。當你在知名的咖啡館和三明治店內工作時，這會使你招來一些奇怪的目光。我發現自己會絞進那個角色裡面，連舉手投足都像他們。真的非常尷尬。

在寫這部劇本的過程中，最有趣的是我從來沒有花這麼多時間和演員們相處——從來沒有。好幾個星期開研討會，接著好幾個星期的排練，我們全都在那些房間內一起度過這麼長的時間。我們全部，從設計團隊到音效團隊再到燈光。我不認為我們之中有任何人有過那種經驗——總之，我想可能花了八個月左右的時間。你說這對創作出來的東西會有什麼影響？我相信它使這一切都變得更好，但更重要的是，你認為它會以某種方式改變我們所設定的基調嗎？

約翰

我喜歡你坐在咖啡館裡喃喃自語融入你戲劇中角色的點子！我想或許就有觀眾會想看這種呢，傑克，這聽起來像是一種非常獨特的表演風格。我們可以巡迴演出，我認識一些《被詛咒的孩子》的演員，我會預訂前幾排的座位。不要？那好吧……

我認為我們花大量的時間一起研討和排練，對我們的創作絕對有正面的影響。整個過程似乎依舊那麼鮮明、生動與清晰。從二〇一四年初我們和羅琳一起開會討論故事雛形開始，一直到二〇一六年夏天觀眾第一次看到演出，有這麼多的演員、創作者、藝術家、製作人、製作與技術團隊對這齣戲做出貢獻。這是我非常希望將他們的名字都列入這本劇本書的主要原因，這也是為什麼這本劇本書是通往觀賞劇院現場演出、獲得完整體驗的唯一途徑。

傑克

那麼，身為這個劇本的作者，你希望那些還無法去看演出的人在閱讀這本劇本時，會有什麼樣的想像？

我想這是一個很難回答的問題。在這齣戲開演的前一天，我發了一則推特推文，寫道：「我希望人們來觀賞它，實際觀賞比閱讀更棒——戲劇就像樂譜，本來就是要用唱的，而且我們有一群能唱出像碧昂絲那種純淨歌聲的演員。」也許這就是答案：我希望他們想像一群演藝界的碧昂絲——一群令人動容，並且能引起共鳴的巨星——用他們的敏銳與優雅完美詮釋每一句台詞（因為實際情況就是如此，我們的演員都非同小可）——而且舞台、動作、服裝、燈光、攝影和音效，都是最卓越的。

或者我只希望他們能從閱讀中看到，當我在編寫劇本時——我的一邊是羅琳，另一邊是你，約翰——我試著盡量在每一句台詞中傳達那些貫穿哈利波特書中情感豐富的真實與誠實。困難的當然是台詞之間的弦外之音、只能用眼神與表情傳達情緒的方式，以及不可能在劇本中真正捕捉到的內心獨白。在散文中，你可以描述某人的感受，但在表演中，演員用他們的臉反映內心的獨白。再加上，舞台上有許多奇幻的東西，我不能解釋，因為這會破壞觀眾觀賞現場演出，害傑米．哈里遜（視覺與魔幻設計）被趕出魔術圈！也許他們可以自己在他們的腦子裡演出？也許他們可以像我一樣瘋狂，坐在咖啡館裡扮演所有角色？你說人們應該如何閱讀它？

約翰

如你所說，在散文中，你可以透過內心的獨白表達一個人的真實感受，並透過豐富的描述提供視覺上的細節。而我們有我們的演員和充滿創意的合作者，他們和我們共同將這些元素在舞台上鮮活呈現。即便如此，我們往往還是要依賴觀眾的集體想像力，使一個特定的說故事時間得到豐碩的成果。這是我如此熱愛劇場的原因之一，電影有電腦合成影像，但我們有觀眾的想像力，兩者都極為強大。

我認為讀者在他們的腦子裡演出的想法很棒，或者和他們的伴侶在他們的臥室裡，也許這些和我們現場觀眾的想像力會有所連結。我們會更努力，讓每一個想看我們的《哈利波特：被詛咒的孩子》現場演出的人都能看到，無論是在倫敦的皇宮劇院或在其他地方的新演出。同時，我真的很高興我們的讀者在吸收你的劇本之際，也有無數的演出正在讀者的想像中發生。

第一部

PART ONE

第一部

{ PART ONE }

第一幕

*

ACT ONE

第一幕 第1場

王十字車站

（這是一處擁擠、繁忙的車站，來自四面八方的旅人行色匆匆。在一片熙熙攘攘中，有兩台堆滿行李的手推車上各坐著一只大鳥籠，隨著推車的移動嘎嗟嘎嗟地響。推推車的是兩個男孩詹姆與阿不思，他們的母親金妮跟在後面。三十七歲的哈利肩上背著他的女兒莉莉。）

阿不思　爸，他一直講、一直講。

哈利　詹姆，別再逗他了。

詹姆　我只是說他可能會被分到史萊哲林，他有可能……（看到父親瞪他一眼）好啦。

阿不思　（抬頭望著他的母親）你們會寫信給我，對不對？

金妮　你想要的話，我們每天都會寄一封信給你。

阿不思 不，不用每天啦。詹姆說，大部分學生都是一個月才會收到一封家裡的信。我不希望……

哈利 我們去年每個禮拜都寄三封信給你哥哥。

阿不思 什麼？詹姆！

（阿不思用責問的眼光瞪著詹姆，詹姆咧嘴笑。）

金妮 是的，你可別把他告訴你的那些有關霍格華茲的話全都當真，你哥哥就是愛亂開玩笑。

詹姆 我們現在可以走了吧，拜託？

（阿不思看看他的父親，再看看他的母親。）

金妮 你只要對著第九和第十月台中間那堵牆直直走去就對了。

莉莉 我好興奮喔。

哈利 不要停下來，也不要怕你會撞上它，這點很重要。如果你會緊張，最好小跑步。

阿不思 我準備好了。

（哈利與莉莉一起合力推著阿不思的手推車，金妮幫忙推詹姆的手推車，一家人加快腳步朝那堵牆衝進去。）

第一幕 第2場

九又四分之三月台

（月台上瀰漫著從**霍格華茲特快車**噴出來的濃濃白煙。

這裡也是一片繁忙的景象，但熙來攘往的人群不是穿著筆挺西裝的上班族，而是身穿巫師袍的男巫師和女巫師，正忙著和他們心愛的子女道別。）

阿不思 這裡就是了。

莉莉 哇！

阿不思 九又四分之三月台。

莉莉 他們在哪裡呀？他們來了嗎？也許他們沒來？

（哈利指著榮恩、妙麗和他們的女兒玫瑰。莉莉朝他們飛奔而去。）

榮恩舅舅，榮恩舅舅！！！

（莉莉奔向榮恩，榮恩轉身抱起莉莉。）

榮恩 這不是我最疼愛的小波特嗎？

莉莉 你要變魔法給我看嗎？

榮恩 妳知道衛氏巫師法寶招牌的「吹氣偷鼻」嗎？

玫瑰 媽！爸又要做那件無聊事了。

妙麗 妳說無聊，他說是傑作，我說……介於兩者之間吧。

榮恩 等等，讓我先吸口……氣。接下來很簡單，只要……抱歉，假如有聞到一點大蒜味的話……

（他對著莉莉的臉吹氣。莉莉咯咯笑。）

莉莉 你有麥片粥的味道。

榮恩 乒、乓、砰。小妞，準備好再也聞不到任何氣味了……

（他拿下她的鼻子。）

莉莉 我的鼻子在哪裡？

榮恩 噠啦！

（他的手上是空的。這是個無聊的把戲，但每個人都喜歡它的無聊。）

莉莉 你好笨喔。

阿不思 大家都在看我們了。

榮恩 那是因為我的緣故！我太有名了，我的鼻子實驗遠近馳名呢！

妙麗 確實有一套。

哈利 停車沒問題吧？

榮恩 是我負責停車的耶，妙麗本來還不相信我居然能考到麻瓜駕照，對吧？

她還以為我對監考官施了迷糊咒咧。

妙麗 我才沒有，我一直對你非常有信心。

玫瑰 我完全相信他對監考官施了迷糊咒。

榮恩 喂！

阿不思 爸……

（阿不思扯扯哈利的長袍，哈利低頭看他。）

你想——萬一我被——萬一我被分到史萊哲林……

哈利 那有什麼不好？

阿不思 史萊哲林是蛇和黑魔法的學院……它不是勇敢巫師的學院。

哈利　阿不思·賽佛勒斯，你是以霍格華茲兩任校長的名字命名，其中一位就是來自史萊哲林，而他或許是我這輩子所認識最勇敢的人。

阿不思　但要是……

哈利　要是你，**你**，介意的話，分類帽會把你的選擇列入考慮。

阿不思　真的？

哈利　我當年就是這樣。

（他以前從未提起過這件事，此刻不由得又在腦子裡小小緬懷了一下。）

霍格華茲對你會有幫助，阿不思，我向你保證。那裡沒什麼好怕的。

詹姆　（嚴厲）除了騎士墜鬼馬，你要當心那些騎士墜鬼馬。

阿不思　我還以為牠們是隱形的！

哈利　你要聽教授的話，**不要**聽詹姆的。記得要開開心心、好好享受。好了，假如你不想錯過這班火車，你應該快點……

莉莉　我要去追火車。

金妮　莉莉，回來。

妙麗　玫瑰，別忘了替我們向奈威問好。

玫瑰 媽，我可不能隨便去向教授問好！

（玫瑰離開去搭火車。阿不思轉身，最後一次擁抱哈利與金妮後，也跟在玫瑰後面。）

阿不思 好吧，那，再見了。

（他登上火車。妙麗、金妮、榮恩和哈利都注視著火車。火車汽笛響徹月台。）

金妮 他們不會有問題吧？

妙麗 霍格華茲很大。

榮恩 不但大，而且是個好地方，食物很豐富。我願意付出一切再回去。

哈利 奇怪了，小思竟擔心他會被分到史萊哲林。

妙麗 那沒什麼，玫瑰居然擔心她會不會在一年級或二年級時就打破魁地奇得分紀錄，還為她怎樣才能提早接受普等巫測而操心呢。

榮恩 我真不明白她的野心是從哪裡來的。

金妮 那你有什麼感覺，哈利？假如小思——假如他是？

榮恩 妳知道嗎，金妮？我們以前都一直認為妳很可能被分到史萊哲林。

金妮 什麼？

榮恩 老實告訴妳，弗雷和喬治還為此開盤下注呢。

妙麗 我們可以走了嗎？你知道，大家都在看了。

金妮 你們三個人只要聚在一起總會引人側目，分開時也一樣，總是有人在注視你們。

（四個人退場，金妮叫住哈利。）

哈利……他不會有問題吧？

哈利 當然不會。

第一幕 第3場

霍格華茲特快車

（阿不思和玫瑰一起走進車廂，他們一個充滿了恐懼，另一個充滿了興奮。販賣點心的推車女巫推著她的點心車從對面過來。）

推車女巫　孩子們，需要什麼點心嗎？南瓜餡餅？巧克力蛙？大釜蛋糕？

玫瑰　（看見阿不思對巧克力蛙投以渴望的目光）小思，我們要專心。

阿不思　專心什麼？

玫瑰　專心挑選我們要交的朋友。你知道，我媽和我爸就是在他們第一次搭霍格華茲特快車時認識你爸……

阿不思　所以我們現在也必須挑選來往一輩子的朋友？這太恐怖了。

玫瑰　才不呢，這多麼刺激呀。我是格蘭傑－衛斯理，而你是一個波特，人人都想跟我們做朋友，我們可以挑選任何我們喜歡的。

阿不思 那我們要如何決定坐哪一個車廂……

玫瑰 我們先全部看過一遍後再決定。

（阿不思打開一扇車廂的門，發現裡面只有一個金髮男孩——天蠍，沒有其他人。阿不思對他微笑，天蠍也對他微笑。）

阿不思 嗨，這個車廂……

天蠍 可以坐，這裡只有我。

阿不思 太好了，那我們或許，呃，進來——一下下——可以嗎？

天蠍 可以啊。嗨。

阿不思 阿不思，小思。我——我叫阿不思……

天蠍 嗨，天蠍。我是說，我是天蠍。你叫阿不思，我叫天蠍。妳一定是……

（玫瑰的表情漸漸冷下來。）

玫瑰 玫瑰。

天蠍 嗨，玫瑰。我有嘶嘶咻咻蜂，妳要吃嗎？

玫瑰 我剛吃過早餐，謝了。

天蠍 我還有驚嚇巧克力、胡椒鬼和一些果凍蛞蝓。我媽的觀念——她說（唱歌）「糖果總能幫助你交到朋友。」（他發現他錯了，不該唱歌）這個觀念想必很蠢。

阿不思　我來一點……我媽不准我吃糖。你都先吃哪一種？

（玫瑰趁天蠍不注意時偷偷打了一下阿不思。）

天蠍　那還用說，我一直都認為胡椒鬼是糖果之王，它是一種會讓你耳朵冒煙的薄荷糖。

阿不思　好極了，那我——（玫瑰又打他一下）玫瑰，拜託妳不要一直打我，好嗎？

玫瑰　我沒打你。

阿不思　妳有打我，而且打得很痛。

（天蠍沮喪起來。）

天蠍　她打你是因為我。

阿不思　什麼？

天蠍　聽著，我知道你們是誰，所以為了公平起見，我也應該讓你們知道我是誰。

阿不思　什麼意思？你知道我們是誰？

天蠍　你是阿不思．波特，她是玫瑰．格蘭傑－衛斯理。我是天蠍．馬份。我媽和我爸是翠菊與跩哥．馬份。我們的父母——他們合不來。

玫瑰 這句話說得太輕描淡寫了，你媽和你爸是食死人！

天蠍 （受到冒犯）我爸是，但我媽不是。

（玫瑰把頭別開，天蠍明白她的意思。）

我知道那個謠言，但那是謊言。

（阿不思看看表情很不自在的玫瑰，再看看一臉無奈的天蠍。）

阿不思 什麼——謠言？

天蠍 外面**謠傳**我爸媽不能生育，但我爸和我爺爺想要一個強大的繼承人，免得馬份家族斷了香火，所以他們……他們用時光器把我媽送回去——

阿不思 把她送回去哪裡？

玫瑰 外面謠傳他是佛地魔的兒子，阿不思。

（氣氛頓時安靜得可怕。）

這也許是胡說八道，我的意思是……瞧你，你有個鼻子。

（緊張氣氛稍稍化解，天蠍笑了，有感傷也有感激。）

天蠍 而且我跟我爸長得很像！我遺傳了他的鼻子、他的頭髮和他的姓氏。還有那些或許算不上好的事，我的意思是——那些父子之間的問題，我也都有。但總的來講，我寧可當馬份的兒子，也不要當黑魔王的兒子。

（天蠍與阿不思相互對望，兩人心意相通。）

玫瑰 好，好吧，也許我們應該另外找個地方坐。走吧，阿不思。

（阿不思若有所思。）

阿不思 不（他避開玫瑰的眼光），我沒問題，妳去吧……

玫瑰 阿不思，我不等人的。

阿不思 我沒有要妳等，我要留下來。

（玫瑰再瞪他一眼，悻悻然離開車廂。）

玫瑰 很好！

（她離開，留下天蠍和阿不思——兩人互相對望，但都不太有把握。）

天蠍 謝謝你。

阿不思 不，不，我留下不是——為了你——我是為了你的糖果才留下來。

天蠍 她好兇喔。

阿不思 是啊，抱歉。

天蠍 不，我喜歡。你喜歡人家叫你阿不思還是小思？

（天蠍咧嘴笑，把兩顆糖果扔進口中。）

阿不思　（想了一下）阿不思。

天蠍　（兩隻耳朵冒出煙來）**謝謝你為了我的糖果留下來，阿不思！**

阿不思　（大笑）哇！

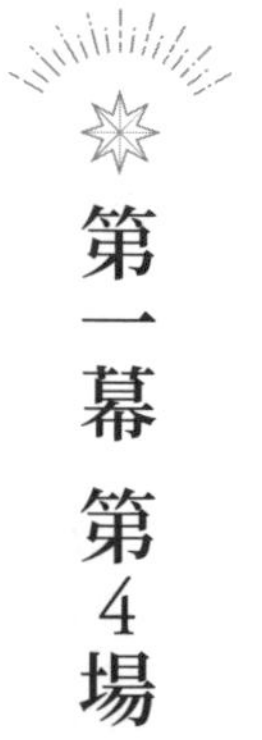

第一幕 第4場

多變的場景

（現在我們進入一個時間在變化的未知世界，這幕充滿了魔法。我們在幾個不同的世界之間快速轉換，它沒有個別的場景，只有一些小細節和小物件象徵時間不停推移。

一開始，我們進入霍格華茲的餐廳，每個人都圍繞著阿不思翩翩起舞。）

波麗・查普曼　阿不思・波特。

卡爾・簡金斯　一個波特，在我們這屆。

楊恩・弗烈德　他遺傳了他的頭髮，他的髮型和他一模一樣。

玫瑰　而且他是我的表弟（他們轉身）。我是玫瑰・格蘭傑－衛斯理，很高興認識大家。

（分類帽走到學生中間，大家紛紛回到各自所屬的學院。他明顯地快步接近玫瑰，玫瑰緊張地等候她的命運。）

分類帽　這個工作我已做了幾世紀，
坐在每個學生的腦袋上，
盤點你們的思緒，
我是大名鼎鼎的分類帽。
我分過高個，我分過矮個，
我在濃密與稀疏中完成任務。
戴上我吧，你們即將知道，
你們應該進入哪個學院……
玫瑰．格蘭傑－衛斯理。

（他把他的帽子放在玫瑰的頭上。）

葛來分多！

（玫瑰加入葛來分多時，那邊響起一陣歡呼。）

玫瑰　感謝鄧不利多。

（天蠍跑過去，在分類帽的注視下，坐在玫瑰剛才坐的位子上。）

分類帽　天蠍．馬份。

（他將他的帽子放在天蠍的頭上。）

史萊哲林！

（這個結果早在天蠍的預料之中，他點頭，淡淡一笑。他加入史萊哲林時，那一區響起一陣歡呼。）

波麗．查普曼　呵，理所當然。

（阿不思迅速走到台前。）

分類帽　阿不思．波特。

（他將他的帽子放在阿不思的頭上——這次他似乎花了較長的時間——幾乎有點困惑。）

史萊哲林！

（全場頓時安靜下來。

鴉雀無聲。

一股低落、有些扭曲，而且令人內心挫敗的沉默。）

波麗．查普曼　史萊哲林？

小克雷．勃克　哇！一個波特，在史萊哲林？

（阿不思從帽子底下往外看，不太確定。天蠍很興奮，笑著對他大喊。）

天蠍　你可以和我站在一起！

阿不思　（完全不知所措）喔，好。

楊恩．弗烈德　我想他的髮型和他老爸的不怎麼像。

玫瑰　阿不思？搞錯了吧，阿不思，不應該是這種結果啊。

（場景忽然變成胡奇夫人的飛行課。）

胡奇夫人　你們還在磨蹭什麼？每個人站到一根掃帚旁邊。快點。

（孩子們急忙各就各位，在他們的飛天掃帚旁邊站好。）

把手伸到你們的掃帚上方，然後說：「上來！」

學生們　**上來！**

（玫瑰和楊恩的掃帚立刻跳到他們手中。）

玫瑰與楊恩　**好耶！**

胡奇夫人　快呀，我可沒空一直對著你們大呼小叫。說「**上來**」，你們要誠心誠意地說「**上來**」。

學生們　（除了玫瑰與楊恩之外）**上來！**

（掃帚紛紛跳上來，包括天蠍的，只有阿不思的飛天掃帚仍躺在地上。）

學生們　（除了玫瑰與楊恩之外）**好耶！**

阿不思　上來，**上來**，**上來**。

（他的掃帚不動，絲毫不動。他不敢相信，失望地瞪著他的掃帚。其他學生都在一旁竊笑。）

波麗．查普曼　噢，梅林的鬍子，好糗！他真的一點都不像他父親，不是嗎？

卡爾．簡金斯　阿不思．波特是個史萊哲林爆竹。

胡奇夫人　好了，孩子們，現在開始飛。

（一股蒸氣逐漸瀰漫在舞台上，哈利突然出現在阿不思身邊。我們又回到九又四分之三月台，時間無情地滴答前進，阿不思現在又長了一歲。哈利也一樣，但他比較看不出來。）

阿不思　我剛才已經拜託你了，爸，請你——可否請你站離我遠一點。

哈利　（覺得好笑）二年級生已經不喜歡被人看到跟老爸在一起了，是嗎？

（一個好奇的巫師開始在他們身邊繞來繞去。）

阿不思 不是啦，只不過——你是**你**，而——我是我，而且——

哈利 他們也只不過是看看而已，好嗎？他們會看，而且他們看的是我，不是你。

（那個好奇的巫師拿了個東西請哈利簽名，哈利為他簽名。）

阿不思 哈利波特和他令人失望的兒子。

哈利 這話什麼意思？

阿不思 哈利波特和他史萊哲林的兒子。

（詹姆提著他的包包從他們身邊匆匆跑過去。）

詹姆 史萊哲林，史萊哲林，別再三心兩意，該上車了。

哈利 少說兩句，詹姆。

詹姆 （已經跑遠了）爸，聖誕節再見。

（哈利關切地望著阿不思。）

哈利 小思——

阿不思 我叫阿不思，不是小思。

哈利 是不是其他孩子對你不友善？是這樣嗎？也許你該想辦法結交幾個朋友。當年如果沒有妙麗和榮恩，我根本無法在霍格華茲待下去，我完全無法生存。

阿不思 可是我不需要一個榮恩或妙麗——我——我有一個朋友，天蠍。我知道你不喜歡他，但我只要他。

哈利 聽著，只要你快樂就好，我只在乎這個。

阿不思 你用不著送我到車站，爸。

（阿不思拎起他的箱子。）

哈利 可是我**想**送你……

（但阿不思已經走了。跩哥．馬份身穿華麗的巫師袍，一頭金髮整整齊齊梳成一根馬尾，從人群中出現在哈利身邊。）

跩哥 我需要你幫個忙。

哈利 跩哥。

跩哥 那些謠言——有關我兒子身世的謠言——似乎沒有平息的樣子。其他霍格華茲學生都無情地取笑天蠍——魔法部是不是可以發布聲明，重申所

哈利 有的時光器早已在魔法部神秘部門大戰中全數摧毀……

跩哥 跩哥，謠言就隨它去吧——很快就會過去的。

哈利 我兒子很痛苦，而且——翠菊最近身體不好——他會需要所有可能的支持。

回應謠言反而會助長謠言。佛地魔有一個兒子的謠言已盛傳多年，天蠍不是第一個被指稱是他兒子的人。魔法部必須盡量避免提及這些謠言，這是為你們好，也為我們好。

（跩哥皺著眉頭，悶悶不樂。接著舞台清空，玫瑰與阿不思拎著皮箱站在一起。）

阿不思 火車一離開，妳就不必再和我說話了。

玫瑰 我知道，我們只需要在大人面前假裝一下。

（天蠍跑過來——帶著滿懷希望和一個比他們的皮箱都更大的皮箱。）

天蠍 （滿懷希望）嗨，玫瑰。

玫瑰 （決斷地）再見，阿不思。

天蠍 （依然充滿希望）她好可愛。

（我們忽然又來到霍格華茲餐廳，麥教授站在前面，臉上掛著一個大大的微笑。）

麥教授 我很高興宣布葛來分多魁地奇球隊的最新成員——我們的——（猛然想起她不該偏袒任何一方）你們新加入的卓越追蹤手——玫瑰．格蘭傑–衛斯理。

（餐廳爆出熱烈歡呼，天蠍也跟著鼓掌叫好。）

阿不思 你在為她鼓掌？我們都討厭魁地奇呀，何況她是另一個學院的球員。

天蠍 她是你的表姊，阿不思。

阿不思 你覺得她會為我鼓掌？

天蠍 我覺得她很棒。

（場景忽然又變成魔藥學教室，學生們再度圍繞在阿不思四周。）

波麗．查普曼 阿不思．波特，一個無足輕重的人，他上樓時連牆上的畫像都轉頭不看他。

（阿不思埋頭調配魔藥。）

阿不思 現在要加入——這是雙角獸的角嗎？

卡爾・簡金斯 我說啊，就隨他和佛地魔的孩子瞎攪和去吧。

阿不思 再來一點火蜥蜴血。

（魔藥轟隆一聲爆炸。）

天蠍 好吧。反藥材是什麼？我們需要改變什麼？

阿不思 一切。

（時間繼續推移——阿不思的眼窩更深，臉色也更蠟黃一些。他依然是個頗有吸引力的男孩，但他不想承認。

他忽然又回到九又四分之三月台，和他的父親站在一起。父親仍試圖說服兒子——以及他自己——一切都沒問題。父子兩人又都多長了一歲。）

哈利 三年級，精采的一年。這是同意你去活米村的家長同意書。

阿不思 我討厭活米村。

哈利 你怎麼可能討厭一個你沒去過的地方？

阿不思 因為我知道那裡會擠滿霍格華茲學生。

（阿不思將同意書揉成一團。）

哈利 試試看嘛——好啦——難得有瞞著你媽去蜂蜜公爵瘋狂一下的好機會——

阿不思 不可以，阿不思，你敢。

（舉起他的魔杖）吼吼燒！

（那一團紙起火燃燒並在舞台上升起。）

哈利 愚蠢至極！

阿不思 諷刺的是我沒想到它居然成功了。我很不擅長施這個咒語的。

哈利 小思——阿不思，我和麥教授互通過貓頭鷹了——她說你孤立自己——你上課不聽話——你真是——你——

阿不思 不然你要我怎麼辦？用魔法把自己變得受歡迎？把自己召現到一個新學院去？把自己變形成一個更好的學生？施個咒語吧，爸，把我變成你希望的那個人，好嗎？這樣對我倆都好一點。我得走了，得去趕火車，得去找我的朋友。

（阿不思向天蠍跑過去。天蠍木然地坐在他的行李箱上，無視於周遭的世界。）

（高興的語氣）天蠍……

（關切的語氣）天蠍……你沒事吧？

（天蠍不語。阿不思嘗試解讀他朋友的眼神。）

天蠍 你媽？你媽的病更嚴重了嗎？

不會再更嚴重了。

阿不思 我以為你會派一隻貓頭鷹……

（阿不思在天蠍旁邊坐下。）

天蠍 我不知道要說什麼。

阿不思 現在輪到我不知道要說什麼了……

天蠍 什麼也不用說。

阿不思 我能為你做什麼……

天蠍 來參加葬禮。

阿不思 一定。

天蠍 還有，成為我的好朋友。

（分類帽忽然出現在舞台中央，我們又回到了餐廳。）

分類帽 你們害怕聽到結果？

怕我說出你們擔心的學院？

不要史萊哲林！不要葛來分多！

不要赫夫帕夫！不要雷文克勞！

別擔心，孩子們，我專業得很。

你們如果先哭泣，以後就會笑嘻嘻。

莉莉·波特，**葛來分多**！

莉莉　好耶！

阿不思　好極了。

天蠍　你真以為她會和我們在同一個學院？波特家族不屬於史萊哲林。

阿不思　我就是。

（當他企圖融入背景時，其他學生都哈哈大笑。他抬頭望著他們。）

我沒有選擇，你們知道嗎？我可沒有選擇要當他的兒子。

第一幕 第5場
魔法部，哈利的辦公室

（妙麗坐在哈利雜亂的辦公室內，面前堆滿公文，她一邊緩緩地將這些公文分類，一邊閱讀並嘗試理解。哈利匆匆進門，他擦傷的臉頰仍在流血。妙麗抬頭，神情一亮。）

妙麗　情況如何？

哈利　（笑容滿面）是真的。

妙麗　喜多．諾特？

哈利　拘留他了。

妙麗　還有時光器？

（哈利給她看時光器，亮閃閃的十分誘人。妙麗很驚訝地看著時光器。）

哈利　這是真的嗎？能用嗎？該不會只是一個翻轉鐘點時光器吧——它能回去更遠的時間嗎？

妙麗　還不知道。我本來想試試看，但被幾個腦筋更清楚的人攔阻了。

哈利　不過總算被我們拿到了。

妙麗　妳確定妳要自己保管？

哈利　我想我們別無選擇。你看，它和我以前用過的那個時光器完全不同。

（語氣有點生硬）魔法界顯然比我們小時候進步許多。

妙麗　你臉上有血。

（哈利對著鏡子察看他的臉頰，並用他的巫師袍在傷口上輕輕按一下。）

哈利　別擔心，它可以和你額頭上的疤痕配成一對。

妙麗　（咧嘴笑）妳在我的辦公室幹嘛，妙麗？

哈利　我急著想聽喜多．諾特的消息，還有——我想知道你是不是信守承諾，先把你的公文處理好。

妙麗　啊，被妳逮到我沒有。

哈利　沒有，你確實沒有。哈利，你為什麼會把所有工作都搞得這麼一團亂？

（哈利揮動魔杖，那些公文和書籍立刻自動歸位，排得整整齊齊。哈利微微一笑。）

哈利　現在不亂了。

妙麗　但你仍然忽視它們。你知道這裡有些有趣的東西……有一群山區山怪騎著紫角獸翻山越嶺飛過匈牙利，一群背上有羽翼刺青的巨人涉水穿過希臘海域，還有一群狼人完全遁入地下——

哈利　好極了，那我們出去，我來召集人馬。

妙麗　哈利，我知道批閱公文很無聊……

哈利　妳不覺得無聊啊。

妙麗　我的工作已經夠忙了。這些是在巫師大戰中幫助過佛地魔的人與怪獸，他們都屬於黑暗聯盟。這個——連同我們剛剛從喜多．諾特那裡查獲的東西——背後可能有某種含意。但假如魔法執法部門主管都不看他的公文——

哈利　但我不需要看——我人在外面，我都聽到了。至於喜多．諾特——聽到翻轉鐘點時光器傳言的人是我，採取突擊行動的人也是我。妳用不著數落我。

（妙麗望著哈利——事有蹊蹺。）

妙麗 你要不要來一顆太妃糖？可別告訴榮恩。

哈利 妳在轉移話題。

妙麗 我是說真的，來顆太妃糖？

哈利 不行，我們現在不吃糖了。

（停頓。）

妙麗 妳知道嗎？妳會對那個東西上癮喔？有什麼辦法？我爸媽是牙醫，我在某一點上又天生叛逆。四十歲要戒掉它是有點晚了，但……（她笑著望向朋友）聽著，你這件事做得很漂亮。我不是在數落你，我只是要你偶爾看一下公文，如此而已。你就當它是對你的一個小提點——一個敦促（哈利繃起臉）——來自**魔法部長**的。

（哈利聽出她的強烈暗示，他點點頭。）

哈利 金妮好嗎？阿不思好嗎？

妙麗 我當父親的能力和批閱公文不相上下。玫瑰好嗎？雨果好嗎？

（咧嘴笑）你知道嗎？榮恩說他認為我和我的秘書依莎（她指著後台）

見面的時間比和他見面多。你想我們是不是應該在「年度模範家長」和「年度模範魔法部員工」之間做個選擇？去吧，回去看看你的家人，哈利，一年一度的霍格華茲特快車又要開了。回去享受剩餘的一點時間，然後帶著清新的腦袋回辦公室，好好批閱這些公文。

哈利 妳真的認為這些消息有某種含意？

妙麗 （面帶微笑）有可能，但假如真的有事，我們會想出辦法對抗它。哈利，我們一直都是這樣。

（她又再度微笑——將一顆太妃糖扔進嘴裡後離開辦公室，留下哈利一個人。他收拾他的公事包，走出辦公室，進入走廊。世界局勢沉甸甸地壓在他的肩頭上。

他疲憊地走進一座電話亭，撥號62442。）

電話亭 再見，哈利波特。

（他從魔法部上升到地面。）

第一幕　第6場

哈利與金妮·波特的家

（阿不思睡不著。他坐在樓梯頂上，聽到樓下有聲音。我們先是聽見哈利的聲音後他才現身，和他在一起的是個坐輪椅的老人阿默·迪哥里。）

哈利　阿默，我了解，我真的了解——但我才剛進家門，而且——

阿默　我曾試著去魔法部預約時間，他們說：「啊，迪哥里先生，我們幫你預約了，我看看啊，兩個月以後。」然後我就等啊，耐心地等。

哈利　——結果你這麼晚了跑來我家——我的幾個孩子就快要開學——這個時間不太合適。

阿默　兩個月之後，我接到貓頭鷹送信來。「迪哥里先生，十分抱歉，波特先生有急事出差去了，我們不得不改期。請問你，讓我瞧瞧，兩個月以後有空嗎？」這種情況一再發生……你根本就是在敷衍我。

哈利 當然沒有。只不過，我擔心，身為魔法執法部門主管，我有責任——

阿默 你是要負很大的責任沒錯。

哈利 什麼？

阿默 我的兒子，西追。你還記得西追吧？

哈利 （想起西追令他心痛）是的，我記得你兒子。他的不幸——

阿默 佛地魔要殺的是**你**！不是我兒子！是你自己告訴我的，他說：「把多出來的人殺掉。」多出來的人，我兒子，我英俊瀟灑的兒子是個多出來的人。

哈利 迪哥里先生，你知道，我很同情你這麼悼念西追，但——

阿默 悼念會？我沒興趣辦悼念會——再也沒有了。我老了——一個老朽，一個行將就木的人——我是來請求你——懇求你——幫我把他找回來。

（哈利吃驚地望著他。）

哈利 把他找回來？阿默，那是不可能的。

阿默 魔法部有一個時光器，不是嗎？

哈利 時光器全被摧毀了。

阿默 我之所以急著來找你，是因為我聽到傳言——甚囂塵上的傳言——說魔法部從喜多・諾特那裡查獲一只違法的時光器，目前正在進行調查。讓我使用那個時光器吧，讓我把我的兒子找回來。

（現場一片死寂，哈利感到左右為難。我們看到阿不思悄悄地接近，偷聽他們的談話。）

哈利 阿默，玩弄時間？你知道我們不能這麼做。

阿默 有多少人為「那個活下來的男孩」犧牲性命？我請求你把他們其中一個救回來。

（這句話令哈利非常難過，他一面思索，臉上的表情逐漸轉為堅定。）

哈利 無論你聽到什麼傳言——喜多・諾特那個消息都是假的，阿默，我很抱歉。

蝶非 哈囉。

（阿不思嚇一跳。蝶非——一個二十多歲，看起來堅定又古怪的女子——出現，從樓梯縫隙抬頭望著阿不思。）

喔，抱歉，我不是故意要嚇你。我自己也很愛坐在樓梯上聽人家談話。坐在那裡，等著聽人家講一些有趣的日常瑣事。

阿不思 妳是誰？這裡是我家……

蝶非 我當然是賊囉，我來偷你的東西。把你的黃金、你的魔杖，和你的巧克力蛙全部交出來！（她先是裝出兇狠的表情，接著露出笑容）我要嘛是賊，要嘛是蝶非・迪哥里（她登上樓梯，伸出一隻手）。我叫蝶非，是照顧他——阿默——的人。呃，儘可能啦（她指著阿默）。你是？

阿不思 （苦笑）阿不思。

蝶非 當然啦！阿不思・波特！這麼說哈利是你爸？這真有點「哇」不是嗎？

阿不思 未必。

蝶非 啊，我又多管閒事了？以前在學校他們總是這樣說我，蝶非・迪哥里——麻煩惹不停。

阿不思 他們也這樣說我。

（阿不思不再繼續說下去，蝶非謹慎地注視他。）

阿默 蝶非。

（她轉身要走，又猶豫了一下，然後對阿不思微笑。）

蝶非 我們無法選擇親人，阿默不但是我的病人，他還是我的叔叔。這是我在上弗雷格利工作的部分原因，但這樣反而更難過。整天和這些活在過去

阿默 的人相處是一件痛苦的事，不是嗎？

阿不思 蝶非！

蝶非 上弗雷格利？

阿默 就是聖奧斯華男女巫師老人之家的所在地。有空來看看我們吧，如果你願意的話。

蝶非！

（她對他微笑，下樓梯時不慎絆了一下。她進入阿默與哈利談話的房間，阿不思望著她。）

蝶非 什麼事，叔叔？

阿默 來會見一度名震天下的哈利波特，他現在是個硬心腸的魔法部員工。我不打擾你了，先生，如果你還有良心的話。蝶非，我的輪椅……

蝶非 好的，叔叔。

（阿默坐在輪椅上被推出房間，留下神情黯然的哈利。阿不思謹慎地看著、想著。）

第一幕 第7場

哈利與金妮．波特的家，阿不思的房間

（阿不思坐在他的床上，門外的世界照舊運行，他仍舊試圖抵抗外頭不斷的變動。我們聽見詹姆在後台大呼小叫。）

金妮　詹姆，拜託，不要管你的頭髮了，把你的房間整理好……

詹姆　怎麼能不管？這是粉紅色耶！我要用我的隱形斗篷！

（詹姆出現在門口，一頭粉紅色的頭髮。）

金妮　你爸給你那件斗篷**不是**為了這個！

莉莉　有誰看到我的魔藥學課本？

金妮　莉莉．波特，妳明天不能戴那個去上學……

（莉莉出現在阿不思門口，身上戴著一對啪嗒啪嗒拍打的仙子翅膀。）

莉莉 我喜歡它們，它們會動。

（哈利出現在阿不思的門口時她又出去了，哈利看看房間內。）

哈利 嗨。

（父子兩人尷尬地無言相對。金妮出現在門口，她察覺這個情況，便暫時停下來。）

我給你帶來霍格華茲開學前的禮物，榮恩送你的……

阿不思 好，愛情魔藥，好。

哈利 我想他是在惡作劇——但我不知道這裡面有什麼名堂。莉莉拿到會放屁的地精，詹姆拿到一把梳子，他一梳頭髮就變成粉紅色。榮恩——唉，榮恩就是榮恩，你知道的。

（哈利將愛情魔藥放在阿不思的床上。）

我也——這是我給你的禮物……

（他拿出一條小毯子。金妮在一旁注視，她看出哈利欲言又止，便悄然離開。）

阿不思 一條舊毛毯？

哈利 我想了很久，想今年要送你什麼禮物。詹姆——呃，詹姆老早就說他要那件隱形斗篷。莉莉——我知道她一直都喜歡翅膀——但是你，你現在十四歲了，阿不思，我想送你一個，嗯——比較有意義的東西。這個——是我母親留給我的最後一樣東西，唯一的遺物，我被送到德思禮家時身上就裹著這條毛毯。我本來以為它老早就丟了，後來，你的佩妮姨婆去世時，達力在她的遺物中意外發現這條毯子，便好心地將它寄來給我。從那以後——呃，每當我想要一點好運時，我就把它拿出來，摸摸它。我想也許你……

阿不思 也想摸摸它？好啊，就這麼決定。希望它能帶給我好運，我確實需要一些運氣。

（他摸一摸毯子。）

哈利 可是你應該自己留著才對。

我想——我相信——佩妮希望我擁有它，所以她才保存下來，現在我想將它送給你。我並不真的了解我的母親，但我想她也會希望你擁有它。而且，我或許會在萬聖節前夕來看你和它。我喜歡在他們去世的那個晚上抱著這條毯子，如果我們兩個可以一起懷念他們會更好……

阿不思　聽著，我的行李還沒有整理好，你一定也有許多魔法部的事要處理……

哈利　阿不思，我希望你收下這條毯子。

阿不思　用它來做什麼？仙子翅膀還有點道理，爸，隱形斗篷也還說得過去，可是，這個——你認真？

（哈利有點傷心，他望著他的兒子，很想接近他。）

哈利　你需要幫手嗎？整理行李，我最喜歡整理行李了。這表示我要離開水蠟樹街回到霍格華茲，這是……呃，我知道你不喜歡那裡，但是……

阿不思　對你而言，那裡是天底下最好的地方，我知道。那個可憐的孤兒，老是被他的德思禮姨丈和阿姨虐待——

哈利　阿不思，拜託——我們可以——

阿不思　——被他的達力表哥欺負，最後在霍格華茲得到救贖。這些有的沒的我都知道，爸。

哈利　你是故意的，我不會上當，阿不思．波特。

阿不思　那個可憐的孤兒後來又拯救了我們全部——所以我可以——容我代表魔法界這麼說，我們多麼感激你的英勇表現，我們應該向你鞠躬或行禮嗎？

哈利　阿不思，拜託——你知道，我從來不要人家感激我。

阿不思　可是我現在內心充滿感激——一定是得到這條破毛毯禮物的緣故……

哈利　破毛毯？

阿不思　不然你以為怎樣？我們會互相擁抱，我會告訴你我一直都愛你？你說呢？你說呢？

哈利　（終於忍不住發脾氣）你知道嗎？我再也不要為你的不快樂負責了。你好歹還有個父親，我沒有，這樣行了吧？

阿不思　你以為這樣很不幸嗎？我可不認為。

哈利　你但願我死了？

阿不思　不！我只是但願你不是我的父親。

哈利　（氣得脹紅了臉）嗯，我有時也但願你不是我的兒子。

（兩人立刻沉默下來。阿不思點頭，沉默，哈利頓時意識到他說錯了話。）

不，我不是這個意思……

阿不思　是的，你就是這個意思。

哈利　阿不思，你真會惹我生氣……

阿不思　你就是這個意思，爸。而且，老實說，我不怪你。

（一陣可怕的沉默。）

哈利 你或許應該出去了。阿不思，請你……

（阿不思拿起毛毯隨手一扔，毯子打翻榮恩送他的愛情魔藥，藥水灑在毯子上和床上，冒出一縷淡淡的輕煙。）

阿不思 現在幸運和愛情都沒有了。

（阿不思衝出房間，哈利跟在他後面。）

哈利 阿不思，阿不思……拜託……

第一幕 第8場

夢境，岩石上的小屋

（傳來一聲**巨響**，接著是一陣**強烈撞擊**。達力．德思禮、佩妮阿姨和威農姨丈嚇得躲在一張床後面。）

達力．德思禮 媽，我不喜歡這樣。

佩妮阿姨 我就知道我們不該來這裡。威農，威農，我們沒地方躲了，連一座遙遠的燈塔都不夠遠！

（又是一陣**巨響**。）

威農姨丈 等等，別急，不管那是什麼，它都不會進來。

佩妮阿姨 我們被詛咒了！他詛咒我們！這個孩子詛咒我們！（她瞪著小哈利）都是你的錯，滾回你的窩去。

（威農姨丈舉起他的來福槍，小哈利出現畏懼的表情。）

威農姨丈 無論外面是什麼人，我警告你——我有武器。

（又一陣劇烈的撞擊，門被撞開，從鉸鏈的地方鬆脫倒了下來。海格站在門正中央望著他們。）

海格 不能泡杯熱茶喝嗎，嗄？這段路可真不好走哪。

達力．德思禮 看——看——他。

威農姨丈 退後，退後。佩妮，躲到我後面，達力，你也到我後面來。我馬上把這個可怕的恐怖分子趕出去。

海格 可怕的什麼？（他奪走威農姨丈手上的來福槍）很久沒看到這種玩意兒了。（他把槍管一扭，打了一個結）哎呀，一朵雛菊。（然後他轉移注意力，看到小哈利）哈利波特。

小哈利 哈囉。

海格 上次我看到你的時候，你還只是個小嬰兒呢。你長得很像你爹，但眼睛跟你娘一模一樣。

小哈利 你認識我爸媽？

海格 瞧我，都忘了禮數了，得先說聲祝你生日快樂。我還替你準備了個禮物——好像不小心壓到了，不過味道是不會變壞的。

（他從大衣裡面掏出一個微微壓扁的巧克力蛋糕，蛋糕上用綠色糖霜寫著「哈利生日快樂」。）

小哈利 你是誰？

海格 （哈哈大笑）問得好，我還沒向你自我介紹呢。我是魯霸．海格，霍格華茲的鑰匙管理員和獵場看守人（他看看四周）。來杯熱茶怎麼樣，嗄？如果有更帶勁兒的東西我也不反對。

小哈利 霍格什麼？

海格 霍格華茲，你一定知道霍格華茲吧？

小哈利 呃——不知道，對不起。

海格 對不起？該說對不起的是他們！我知道你沒收到信，可是沒想到，你竟然會連霍格華茲是什麼都不曉得，真是的！你難道從來沒想過，你的父母是在哪兒學會這些東西的？

小哈利 學會什麼？

（海格惡狠狠地轉向威農姨丈。）

海格 難道你們要告訴我，說這個男孩——這個男孩！——完全不知道，不知道**任何**事情嗎？

威農姨丈　我不准你告訴他！

小哈利　告訴我什麼？

（海格看看威農姨丈，然後看看小哈利。）

海格　哈利——你是一個巫師——你改變了一切，你是全世界最有名的巫師。

（這時忽然從房間後面傳出一個絕不可能認錯的嗓音，每個人的四周也同時出現陣陣耳語聲。那是佛地魔的嗓音……

哈——利——波——特——）

第一幕 第9場

哈利與金妮・波特的家，臥房

（哈利猛然驚醒，在黑夜中大口喘氣。他等了一下，讓自己冷靜下來，然後他感到一陣劇痛，來自他的額頭，來自他的疤痕。黑魔法在他四周蠢蠢欲動。）

金妮　哈利……

哈利　沒事，繼續睡吧。

金妮　路摸思。

（她的魔杖放光照亮了臥房。哈利望著她。）

惡夢？

哈利　對。

金妮 什麼惡夢？

哈利 德思禮家——從那裡開始——之後又變成其他事情。

（哈利停頓了一下，金妮注視著他，試著揣摩他的夢境。）

金妮 要不要喝一口安眠藥水？

哈利 不用，我沒事，妳繼續睡吧。

金妮 你不像沒事的樣子。

（哈利沒答腔。）

（金妮看出他的焦慮）這種事不好受——阿默．迪哥里那件事。

哈利 我可以理解他的憤怒，但他是對的這件事更令人難過。都是因為我，阿默才會失去他的兒子——

金妮 這麼說對你太不公平——

哈利 ——然後我無話可說——對任何人都無話可說——當然，除了說錯話以外。

（金妮明白他說的是什麼，或者應該說——他指的是誰。）

金妮 原來你是在為這個難過？霍格華茲開學前夕，不想回去的人一定很難

哈利　受。把那條毛毯送給小思，這是個不錯的嘗試。

金妮　就是因為這樣我才錯得離譜。我說了一些話，金妮……

哈利　我聽到了。

金妮　那妳還願意跟我講話？

　　因為我知道等時機對的時候，你會道歉。你不是有意的，你那句話隱含其他——深意。你可以對他坦誠，哈利……他只需要這個。

哈利　我但願他能更像詹姆或莉莉一點。

金妮　（語氣生硬）喔，不要那麼坦誠好了。

哈利　不，我不要他改變什麼……但我就可以了解他們……

金妮　阿不思和他們不同，這不是很好嗎？再說，他看得出來——你知道——當你把你哈利波特那一面擺在前面的時候，他想看的其實是真實的你。

哈利　「真相是一件美麗卻也十分可怕的事，因此我們在面對它的時候，必須特別謹慎。」

　　（金妮驚訝地望著他。）

金妮　鄧不利多說的。

　　對一個孩子說這種話太奇怪了。

哈利　當你相信這個孩子必須以死來拯救世界時就不奇怪了。

（哈利又倒吸一口氣——而且強忍著不去摸他額頭上的疤。）

金妮　哈利，怎麼了？

哈利　沒事，我沒事。我會聽妳的話，我會試著去做——

金妮　你的疤又痛了嗎？

哈利　不，不，我沒事。現在把光線吶喀嘶吧，我們再睡一下。

金妮　哈利，你的疤又痛多久了？

（哈利面對金妮，他的表情說明了一切。）

哈利　二十二年。

第一幕 第10場

霍格華茲特快車

（阿不思在擁擠的火車上快步走，他垂著頭，試圖避免引人注目。）

玫瑰　阿不思，我一直在找你……

阿不思　找我？幹嘛？

（玫瑰一時不知如何啟齒。）

玫瑰　阿不思，我們升上四年級了。這是新的一年，我想和你重新建立友誼。

阿不思　我們從來就不是朋友。

玫瑰　這句話太殘忍了！我六歲時你是我最要好的朋友！

阿不思　那是很久以前的事了。

（他想走開，玫瑰把他拉進一節空的車廂。）

玫瑰 你有聽到傳言嗎？魔法部前幾天大突襲，你爸真的非常勇敢。

阿不思 為什麼妳總是知道這些事，我卻都不知道？

玫瑰 那個——他們突襲的那個巫師——我想是喜多・諾特——他顯然持有許多違禁品，其中包括——這個東西使他們都變得有點感傷——一個非法的時光器，而且是個特級品。

（阿不思望著玫瑰，所有來龍去脈現在都一清二楚了。）

阿不思 一個時光器？我爸查獲一個時光器？

玫瑰 噓！對，我知道，很了不起吧？

阿不思 妳確定？

玫瑰 百分之百。

阿不思 我要去找天蠍。

（他沿著車廂走道走，玫瑰跟在後面，堅決把她的話說完。）

玫瑰 阿不思！

（阿不思斷然轉身。）

阿不思 誰叫妳來告訴我的？

玫瑰 （嚇一跳）喔，大概是你媽傳貓頭鷹給我爸——但她是因為擔心你。所以我想——

阿不思 別再煩我了，玫瑰。

（天蠍坐在他慣常坐的車廂內。阿不思先進去，玫瑰依舊跟在他後面。）

天蠍 阿不思！喔，哈囉，玫瑰。嗯，妳身上那是什麼味道？

玫瑰 我身上有什麼**味道**？

天蠍 不，我指的是香味。妳有一種鮮花混合著剛出爐的——麵包——的味道。

玫瑰 阿不思，我在車上，好嗎？如果你要找我的話。

天蠍 （挖空心思）我是說，好吃的麵包，高檔的麵包，麵包……麵包有什麼不對？

（玫瑰走開，邊搖頭。）

玫瑰 麵包有什麼不對！

阿不思 我到處找你……

天蠍 你這不是找到我了嗎？噠啦！我不是在躲，你知道我喜歡……早一點上車，免得人家老盯著我看，大驚小怪，或在我的行李箱上寫「佛地魔之子」的字樣，這種老掉牙的惡作劇永遠不嫌過時。她真的不喜歡我嗎？

（阿不思用力摟抱他的朋友，兩人維持了一下這種姿勢。天蠍有點詫異。）

好了，嘿，呃，我們以前有摟抱過嗎？我們會這樣摟摟抱抱嗎？

（兩個男孩尷尬地分開。）

阿不思 因為我剛度過有點怪異的二十四小時。

天蠍 這二十四小時當中發生了什麼事？

阿不思 我晚一點再解釋。我們必須下車。

（後台傳來汽笛聲，火車開動了。）

天蠍 來不及了，火車開動了。霍格華茲，呀喝！

阿不思 那我們必須跳車。

推車女巫 需要什麼點心嗎，親愛的？

（阿不思打開車窗想爬出去。）

天蠍 這是一輛正在移動的魔法火車。

推車女巫 南瓜餡餅？大釜蛋糕？

天蠍 阿不思．賽佛勒斯．波特，不要露出那種奇怪的眼神。

阿不思 第一個問題，你對「三巫鬥法大賽」知道多少？

天蠍 （高興）唔，智力測驗！三所魔法學校選出三位高手參加三項比賽，爭奪一座獎盃。這有什麼關係？

阿不思 你知道嗎？你真是個書呆子。

天蠍 啊哈！

阿不思 第二個問題，為什麼二十多年來都沒有再舉辦三巫鬥法大賽？

天蠍 最後一次比賽包括你爸和一位名叫西追·迪哥里的男孩——他們決定同時獲勝，但那座獎盃是個港口鑰——結果他們被傳送到佛地魔那裡，西追被殺死，事後他們立即取消比賽。

阿不思 很好。第三個問題，西追非死不可嗎？簡單的問題，簡單的答案：不。佛地魔說的是「把多出來的人殺掉」，那個多出來的人，他之所以喪命是因為他跟我父親在一起，而我父親沒辦法救他——但是我們可以。錯誤已然鑄成，但我們可以修正它。我們要利用時光器，我們要去把他帶回來。

天蠍 阿不思，說實話，我對時光器不是那麼有興趣……

阿不思 阿默·迪哥里要求借用時光器時，我父親否認有這麼一個東西。他對一個一心一意想把兒子找回來的長者、一個深愛兒子的老人說謊。他之所以撒謊是因為他不在乎……他一直都不在乎。人人都津津樂道我爸的英勇事蹟，但他也會犯錯，老實說，還是很嚴重的錯誤。我要把他所犯的其中一個錯誤改正，我們一起去把西追救回來。

天蠍 好，你的腦袋似乎少了一根筋。

阿不思 我要去做這件事，天蠍，我必須做。而且你和我一樣明白，如果你不跟我一起去，我一定會把事情搞砸。來吧。

（他咧嘴笑，然後從窗口消失，爬上車頂。天蠍遲疑了一下，做了個怪表情，但他很清楚自己得做什麼——會去做什麼——他跟在阿不思後面爬上車頂，消失了。）

第一幕 第11場

霍格華茲特快車，車頂上

（風從四面八方呼呼地吹，風勢強勁。表情堅定的阿不思跟嚇傻的天蠍站在火車車頂。）

* * *

天蠍 好了，我們在車頂上了，車速很快，很嚇人。太棒了，我覺得我好像對我自己和對你又多了一點認識，但——

阿不思 根據我的推算，我們很快就會接近高架橋，然後再走一小段路就可以抵達聖奧斯華男女巫師老人之家……

天蠍 什麼？什麼地方？聽著，這是我有生以來第一次造反，我跟你一樣興奮——哎呀——爬到車頂上——很好玩——可是現在——喔喔。

（天蠍看到他不想看到的東西。）

阿不思　萬一我們的軟墊咒失敗，底下的河水也可以緩衝一下。

天蠍　阿不思，推車女巫。

阿不思　你在路上還想吃點心？

天蠍　不是啦，阿不思，那個推車女巫朝我們這邊過來了。

阿不思　不，不可能，我們在車頂上……

（天蠍指著右邊叫阿不思看，現在他看到推車女巫了，只見她推著手推車若無其事地接近他們。）

推車女巫　需要什麼點心嗎，親愛的？南瓜餡餅？巧克力蛙？大釜蛋糕？

阿不思　噢。

推車女巫　人們都不太了解我，他們只會找我買大釜蛋糕——但他們不曾注意過我。我不記得最後一次有誰問我叫什麼名字。

阿不思　妳叫什麼名字？

推車女巫　我忘了。我只能告訴你，霍格華茲特快車首航時，奧塔萊恩・甘布爾本人就叫我來做這個工作……

天蠍　那是——一百九十年前。妳做這個工作已經有一百九十年了？

推車女巫　這雙手已經做了六百多萬個南瓜餡餅，那是我的拿手點心，但人們都沒發現，我的南瓜餡餅也可以很輕易變形成別的東西……

（她拿起一塊南瓜餡餅，像扔手榴彈一樣扔出去，它爆炸了。）

而且你們不會相信我可以拿我的巧克力蛙做什麼。我從來沒有，從來沒有讓任何一個人在抵達目的地之前下車。過去曾經有人嘗試過——天狼星．布萊克和他的那群哥們兒、弗雷與喬治．衛斯理。**但全都失敗了，因為這輛火車——它不喜歡乘客隨隨便便下車……**

（推車女巫的雙手忽然變形成一對非常尖銳的釘耙，她面帶微笑。）

所以，請回到你們的座位，繼續完成這段旅程。

阿不思 你說得對，天蠍，這輛火車有魔法。

天蠍 這種時候我不會為自己說對了而高興。

阿不思 但我也說對了——關於高架橋——底下就是河水，正好讓我們測試一下軟墊咒。

天蠍 阿不思，這不是個好主意。

阿不思 是嗎？（他猶豫了一下，隨後明白猶豫的時機已過）來不及了，三、二、一，莫你唉！

（他口中喊出軟墊咒，縱身一躍。）

天蠍 阿不思……阿不思……

（他絕望地看著他的朋友跳下去，再看看逐漸逼近的推車女巫。她的頭髮蓬亂，一雙釘耙手看起來尖銳無比。）

好吧，瞧妳那副怪模樣，我還是跟著我的朋友去吧。

（他捏著鼻子，也隨著阿不思縱身一跳，口中喊出咒語。）

莫你唉！

第一幕 第12場

魔法部，大會議室

（舞台上擠滿男女巫師，他們也像男女巫師那樣嘰嘰喳喳吵個不停。金妮、踋哥和榮恩在他們之中，他們上方另有一座高台，上面坐著妙麗與哈利。）

妙麗 安靜，安靜。你們非要逼我使用靜默咒嗎？（她用她的魔杖對群眾施靜默咒）很好。歡迎各位參加這次特別大會，很高興大家都能夠出席。魔法界安享多年的和平，自從佛地魔在霍格華茲大戰中被擊敗後，迄今已有二十二個年頭。在此我可以欣慰地說，新的一代在他們成長期間只聽說過少數幾次衝突，直到今天。哈利？

哈利 佛地魔的黨羽蠢蠢欲動已有好幾個月了，我們查到山怪正橫越歐洲大陸，巨人開始涉過海峽，而狼人——呃，很不幸，我們在幾週前失去牠們的蹤跡。我們不知道牠們現在在什麼地方，或者有誰在鼓動牠們——但我們知道牠們正在移動——我們很關心這些現象可能代表的含意，所以我們要請問各位——有沒有誰見過任何不尋常的東西？或察覺到任何異常現象？只要你們舉起魔杖，我們會傾聽每一個人的發言。麥教授——謝謝妳。

麥教授 暑假結束後返校，我們發現魔藥儲藏室好像有被侵入的跡象，但沒有大量藥材損失，只少了一點非洲樹蛇皮和草蜻蛉，那些登記在案的管制材料都沒有遺失。我們認為是皮皮鬼幹的。

妙麗 謝謝妳，教授。我們會調查（她看看四周）。沒別的了嗎？好——最重要的一點是——這不是一般正常現象，因為佛地魔——哈利額頭的疤現在又開始痛了。

跩哥 佛地魔已經死了，佛地魔已經不在了。

妙麗 是的，跩哥，佛地魔已經死了，但目前這些現象都引發我們去揣測佛地魔——或某種佛地魔的跡象——可能又回來了。

（這句話立刻引發台下議論紛紛。）

哈利 雖然有點難以啟齒，但我們不得不問清楚，好排除任何可能性。你們這些有黑魔標記的人……你們有感應到任何東西嗎？即使是一點點刺痛？

跩哥 你又開始對有黑魔標記的人產生偏見了嗎，波特？

妙麗 不，跩哥，哈利只是想——

跩哥 妳知道為什麼嗎？哈利只是想再上報出鋒頭。我們每年總有一次會從《預言家日報》看到佛地魔又東山再起的謠言——

哈利 那些謠言都不是我散播的！

跩哥 真的嗎？你老婆不就是《預言家日報》的編輯？

（金妮憤怒地走向他。）

金妮 我編的是體育版！

妙麗 跩哥，哈利提出這件事是要魔法部注意……而我，身為魔法部長——

跩哥 妳會選上，只是因為妳是他的朋友。

（榮恩想對跩哥發動攻擊，但被金妮擋回去。）

榮恩 你想挨巴掌嗎？

跩哥 面對現實吧——你們都受他的名氣影響。要讓大家再度口耳相傳波特之名，最好的辦法莫過於（他模仿哈利）「我的疤好痛，我的疤好痛」。

哈利 你們知道這意味著什麼嗎——意味著那些喜愛搬弄是非的傢伙又會再一次逮到機會，利用種種有關我兒子身世的無稽之談來中傷他。

跩哥 跩哥，沒有人說這件事和天蠍有關……
哼，我就認為，而且我還認為這次會議根本是個幌子。我要走了。

（他走出去，其他人開始陸續隨他離開。）

妙麗 不，不要這樣……回來。我們必須商量對策。

第一幕 第13場

聖奧斯華男女巫師老人之家

（這裡雜亂無章，這裡是魔法天地，這裡是聖奧斯華男女巫師老人之家。這裡和你能想像到的一樣令人眼花撩亂、目不暇給。

被施了魔法的助行器自己會走路，編織用的毛線著魔似地糾成一團，男護理師跳著探戈。

這些巫師和女巫均已卸下為某種因素而施展魔法的重擔，相反地，他們現在只為取樂而施展魔法。瞧他們，果然個個都樂在其中，興高采烈。

阿不思和天蠍走了進去，東瞧瞧西看看，對眼前的情景感到有趣，而且——老實說——也有點害怕。）

阿不思與天蠍　呃，請問……請問，**請問！**

天蠍 好吧，這裡是瘋人院。

阿不思 我們要找阿默．迪哥里。

（現場忽然完全安靜下來，一切都靜止不動，並帶點不安。）

織毛線婦人 你們兩個小鬼找那個愁眉苦臉的老頭做什麼？

（蝶非含笑出現。）

蝶非 阿不思？阿不思！你來啦？太好了！過來跟阿默打個招呼！

第一幕 第14場

聖奧斯華男女巫師老人之家，阿默的房間

（阿默氣呼呼地望著天蠍與阿不思。蝶非在一旁看著他們三人。）

阿默　讓我搞清楚。你偷聽到談話——你不該偷聽的談話——然後你——非但沒有馬上離開——反而決定插手管別人的事，而且還是強力介入。

阿不思　我的父親對你撒謊——我知道他說謊——他們確實有一個時光器。

阿默　他們當然有，你們可以回去了。

阿不思　什麼？我們是來幫忙的。

阿默　幫忙？兩個小毛頭能幫我什麼忙？

阿不思　我的父親就足以證明不是成年人也能改變魔法界。

阿默　只因為你姓波特，我就應該容許你介入？就靠你那個聞名天下的姓？

阿不思 不！

阿默 一個被分到史萊哲林的波特——是的，我聽說了——而且你還帶了一個馬份來看我——一個也許是佛地魔後代的馬份？誰說你沒有涉及黑魔法？

阿不思 可是——

阿默 你帶來的消息證實了外面的傳言，這點真有用，你的父親果然說謊。現在你們走吧，你們兩個，不要在這裡浪費我的時間。

阿不思 （鏗鏘有力地說）不，你聽我說。你自己說的——我父親的雙手沾了多少人的鮮血。讓我幫你改變這個事實，讓我協助修正他的錯誤。相信我。

阿默 （提高音量）你沒聽到我說的話嗎，小鬼？我沒有理由相信你，你走吧，否則我要**讓**你走了。

（他舉起他的魔杖。阿不思注視著魔杖——感到洩氣——阿默打擊了他的士氣。）

天蠍 走吧，兄弟，假如我們還有一點長處，那就是知道自己在哪裡不受歡迎。

（阿不思仍不肯離去。天蠍拉拉他的手臂，他這才轉身，兩人一起走開。）

蝶非 我可以找出一個為什麼你應該相信他們的理由，叔叔。

（他們停下腳步。）

他們是唯一主動幫忙的人，他們準備勇敢冒險，將你的兒子帶回你身邊。事實上，我相信他們光是來到這裡都要冒極大的危險……

阿默 我們談的是西追……

蝶非 何況——你自己說過——假如霍格華茲裡頭有內線，或許會有**極大**的幫助？

（蝶非在阿默頭上親一下。阿默看看蝶非，再看看兩名少年。）

阿默 為什麼？為什麼你們要冒這個險？這樣做對你們有什麼好處？

阿不思 我知道被稱為「多出來的人」是什麼滋味。你的兒子不該被殺，迪哥里先生。我們可以幫你把他找回來。

阿默 （終於表現情緒激動）我兒子——我兒子是我這一生最寶貴的東西——你說得對，這是不公平的——一點也不公平——如果你們認真……

阿不思 我們非常認真。

阿默 這樣做很危險。

阿不思 我們知道。

天蠍 嗄，我們知道嗎？

阿默 蝶非——要不然，妳去準備一下，陪他們去？

蝶非 如果這樣能讓你開心一點的話，叔叔。

（她對阿不思微笑，他也含笑以對。）

阿默 你們要知道，使用時光器會有生命危險。

阿不思 我們準備冒生命危險。

天蠍 嗄，我們有嗎？

阿默 （嚴肅地說）但願你們真的明白。

第一幕 第15場

哈利與金妮．波特的家，廚房

（哈利、榮恩、妙麗和金妮坐在一起。）

妙麗　我一再告訴跩哥——魔法部沒有人談論過有關天蠍的事。謠言不是來自我們。

金妮　翠菊去世後，我寫信給他——問他有沒有什麼我們可以幫忙的——因為天蠍和阿不思非常要好——也許聖誕假期他會想來我家住個幾天什麼的……結果我的貓頭鷹帶回一封信，裡頭只有簡單一句話：「叫妳老公徹底駁斥那些有關我兒子的謠言。」

妙麗　他很執拗。

金妮　他心情不好——他很悲傷。

榮恩　我為他的失去感到難過，但是當他指控妙麗時……呃……（他打量哈利）

妙麗 喂，邋遢鬼——就像我常跟她說的，這些或許根本就沒什麼。

榮恩 她？

那些山怪也許是去參加聚會，巨人也許去參加婚禮，你也許是做惡夢，因為你擔心阿不思。還有，也許因為你老了，所以你的疤會疼。

哈利 老了？謝謝你，兄弟。

榮恩 老實說，現在我每次坐下都會「哎喲喂啊」、「哎喲喂啊」一下。還有我這雙腿——我的腿不行了——我都可以為我的腿疼寫好幾首歌——你的疤會痛或許就是這種情況。

金妮 你滿口胡言亂語。

榮恩 這是我的專長。胡言亂語和我的各式各樣摸魚點心盒。還有，我愛你們，甚至連瘦成皮包骨的金妮我都愛。

金妮 榮恩．衛斯理，你再胡說八道，我就告訴媽。

榮恩 妳不會。

妙麗 假如一部分的佛地魔存活下來，無論是以什麼樣的形式，我們都必須有所準備。而且我很怕。

金妮 我也很怕。

榮恩 我什麼也不怕，只怕老媽。

妙麗 我是說真的，哈利，這一次我不會像康尼留斯・夫子那樣。我不會把頭埋進沙子裡假裝不知道，而且我不在乎這樣做會讓我不受踱哥・馬份的歡迎。

榮恩 妳從來就沒有受他歡迎過，不是嗎？

（妙麗狠狠瞪榮恩一眼，準備要打他，但榮恩迅速跳開。）

打不到。

（金妮痛打榮恩。榮恩疼得齜牙咧嘴。）

打到了，好重的一拳。

（一隻貓頭鷹忽然出現，嗚嗚低鳴，在哈利的盤子裡放下一封信。）

妙麗 貓頭鷹這時候送信是不是有點晚了？

（哈利把信打開，一臉驚訝。）

哈利 是麥教授寄來的。

金妮 信上說什麼？

（哈利看信，臉色一沉。）

哈利 金妮，是阿不思——阿不思和天蠍——他們沒有到學校。他們失蹤了！

第一幕 第16場

倫敦白廳，地窖

（被阿不思跟蝶非左右包夾的天蠍對著一個瓶子瞇起眼睛。）

天蠍 所以我們要喝下這個？

阿不思 天蠍，我還需要對你這個超級怪胎兼魔藥專家解釋變身水是幹嘛用的嗎？多虧蝶非想得周到，我們必須喝這個藥水變身。我們得先偽裝才能進入魔法部。

天蠍 好吧，但我有兩點疑問。第一點，會不會痛？

蝶非 非常痛——據我了解。

天蠍 謝謝妳，真高興知道。第二點——你們有誰知道變身水是什麼味道嗎？因為我聽說它有魚腥味，如果是的話我會吐。我最怕魚腥味，我向來不吃魚，打死我都不吃。

蝶非 我們知道了（她吸一口氣，再一口吞下魔藥），沒有魚腥味。（她開始變身，很痛苦的樣子）事實上，還滿好喝的，嗯，味道不錯。會痛，但……（她大聲打嗝）我收回。它的味道有——一點——（她又打嗝，並且變身成妙麗）有一點——嗆——像隔夜的魚腥味。

阿不思 好，那是——哇！

天蠍 兩個哇！

蝶非／妙麗 我真沒想到我——我連聲音都像她！三個哇！

阿不思 好，下一個換我。

天蠍 不，不，你休想。假如我們要喝這個，我們就必須（他戴上一副看起來很眼熟的眼鏡，並露出微笑）一起。

阿不思 三、二、一。

（他們同時喝下變身水。）

不會啊，很好。（他忽然感到痛苦）錯了，不怎麼好。

（兩人開始變身，並感到痛苦。阿不思變成榮恩，天蠍變成哈利。兩人默默相對。）

阿不思／榮恩 有點詭異，不是嗎？

天蠍／哈利　（故意裝模作樣——他覺得很好玩）回你房間，馬上回你房間，你這個超壞又糟糕的兒子。

阿不思／榮恩　（笑著說）天蠍……

天蠍／哈利　（披上他的長袍）這可是你的主意——我變成他，你變成榮恩！我要先玩一玩，然後才……（他大聲打嗝）好吧，這實在太恐怖了。

阿不思／榮恩　你知道，雖然榮恩叔叔藏得很好，但他有點小腹。

蝶非／妙麗　我們該走了——你們不覺得嗎？

（他們來到街上，進入一座電話亭，然後撥號62442。）

電話亭　歡迎，哈利波特。歡迎，妙麗・格蘭傑。歡迎，榮恩・衛斯理。

（他們微笑。電話亭消失在地板下。）

第一幕 第17場

魔法部，會議室

（哈利、妙麗、金妮與跩哥在一個小房間內焦急踱步。四個人滿臉擔憂。）

跩哥 火車鐵軌兩旁都徹底找過了？

哈利 我的部門已找過一遍，還會再去搜索。

跩哥 那個推車女巫無法提出任何有用的情報嗎？

妙麗 推車女巫暴跳如雷，一直說讓奧塔萊恩．甘布爾失望了。她向來以她護送霍格華茲學生安全抵達學校的優良紀錄為傲。

金妮 麻瓜那邊有報導任何魔法事件嗎？

妙麗 目前還沒有。我已知會麻瓜首相，他即將發布尋人啟事。這名詞聽起來真像個咒語，不是嗎？

跩哥　這麼說來，現在我們只能靠麻瓜幫我們找回孩子了？我們有沒有把哈利的疤會痛這回事也知會他們？

（妙麗試圖打破正在成形的氛圍。）

妙麗　我們沒有請求麻瓜協助，而且沒人知道哈利額頭的疤和這件事有沒有什麼關係，但我們一定要嚴陣以待。我們的正氣師正在調查任何一個和黑魔法有關的人——

跩哥　這和食死人無關。

妙麗　我沒有你那麼有信心……

跩哥　我不是有信心，我是對的。現在只有白痴才會使用黑魔法，我兒子是馬份家的人，他們不敢。

哈利　除非外面來了個新的——

金妮　我同意跩哥的看法，假如是綁架——綁架阿不思我還可以理解，但綁走他們兩個……

（哈利與金妮四目交接，明白她要他說出來。）

跩哥　儘管我對天蠍灌輸許多觀念，但他向來是個順從的人，不是一個帶頭的人。所以，肯定是阿不思把他帶下火車。我的疑點是，他會把他帶去哪裡？

金妮 哈利，他們是逃走的，你我心裡都有數。

（踿哥發現他們夫妻對視，他知道有事不對勁。）

踿哥 你們？你們知道什麼？為什麼不告訴我們？

（一陣沉默。）

無論你們隱瞞了什麼消息，我要求你們立刻說出來。

哈利 阿不思和我發生爭執，在開學前夕。

踿哥 然後……

（哈利猶豫了一下，然後鼓起勇氣直視踿哥。）

哈利 我對他說，有時我但願他不是我的兒子。

（又一陣沉默，沉默得令人難受。踿哥忽然朝哈利危險地逼近。）

踿哥 要是天蠍出了什麼事……

（金妮立刻擋在踿哥和哈利中間。）

金妮 不要出言恐嚇，踿哥，請你不要這樣。

跩哥　（咆哮）我的兒子失蹤了！

金妮　（同樣咆哮）我的兒子也失蹤了！

（他與她對看。房間內真情流露。）

跩哥　（撇嘴，表情跟他父親一模一樣）如果你們需要黃金……或是馬份家的任何東西……他是我唯一的繼承人……他是我的——唯一的家人。

妙麗　魔法部的庫房裡有很多黃金，謝謝你，跩哥。

（跩哥轉身要離去，但又停下來，望著哈利。）

跩哥　我不管你過去立了什麼豐功偉業或曾經救過誰，但你始終都是我們馬份家族的詛咒，哈利波特。

第一幕 第18場

魔法部，長廊

天蠍／哈利　你確定它在這裡面？

（一名警衛走過去，天蠍／哈利和蝶非／妙麗故意擺出一本正經的樣子。）

是的，部長，我確定這是魔法部必須從長計議的一件事，是的。

警衛　（點頭）部長好。

蝶非／妙麗　我們一起商量。

（警衛繼續往前走，三個人都鬆一口氣。）

我叔叔建議用吐真劑——我們滴了幾滴在一個來訪的魔法部員工的飲料中，他告訴我們時光器被藏起來，甚至告訴我們藏在什麼地方——藏在魔法部長自己的辦公室內。

（她指著一扇門，這時他們忽然聽見一些聲音。）

妙麗　（聲音從後台傳來）哈利……我們應該商量一下……

哈利　（聲音從後台傳來）沒什麼好商量的。

蝶非／妙麗　噢，不好了。

阿不思／榮恩　是妙麗，還有我爸。

天蠍／哈利　好，找地方躲。沒地方躲。有誰會任何隱形咒嗎？

（他立刻恐慌起來，其他兩人也跟著恐慌。）

蝶非／妙麗　還是我們進去——她的辦公室？

阿不思／榮恩　她會回她的辦公室。

蝶非／妙麗　那沒別的地方可躲了。

（她試著開門，然後又再試一次。）

妙麗　（聲音從後台傳來）如果你不跟我或跟金妮商量……

天蠍／哈利　退後。阿咯哈呣啦！

（他舉起魔杖對準那扇門發出咒語，門應聲而開。他開心地露出笑容。）

阿不思，你攔住她，這事非你不可。

哈利　（聲音從後台傳來）商量什麼？

阿不思／榮恩　我，為什麼是我？

蝶非／妙麗　嗯，難不成是我們？我們現在**是**他們。

妙麗　（聲音從後台傳來）你說的那些顯然是錯誤的——但是——還有其他因素——

阿不思／榮恩　可是我不會……我不會……

（一陣小混亂，結果阿不思／榮恩一個人站在門外。妙麗與哈利從後台進場。）

哈利　妙麗，我很感激妳的關心，但沒有必要——

妙麗　榮恩？

阿不思／榮恩　意外的驚喜！！！

妙麗　你在這裡做什麼？

阿不思／榮恩　男人探望他的老婆還需要藉口嗎？

（他用力親吻妙麗。）

哈利　我該走了……

妙麗　哈利。我的重點是無論踋哥說什麼——你對阿不思說的那些話……我認為你老是放在心上對我們都沒有好處……

阿不思／榮恩　喔，你們在談哈利說他但願我——（他立刻糾正自己）阿不思不是他的兒子。

妙麗　榮恩！

阿不思／榮恩　我會說，說出來總比吞下去好……

妙麗　他會明白的……我們都會說出並非真心的話，他明白的。

阿不思／榮恩　但萬一我們說出的是真心話呢……那怎麼辦？

妙麗　榮恩，現在不是時候。真是的。

阿不思／榮恩　當然不是。再見，再見，親愛的。

（阿不思／榮恩目送她離開，滿懷希望她會經過她的辦公室而不入。但她當然沒有，他趕緊跑過去，搶在她進門之前攔下她。他阻擋她一次，接著又攔阻她，用他的臀部頂她。）

妙麗　你幹嘛擋著我不讓我進辦公室？

阿不思／榮恩　我沒有。有擋，沒擋，都行。

（她又想進門，他又再一次擋她。）

妙麗　你有。讓我進我的辦公室，榮恩。

（妙麗試著躲開他。）

阿不思／榮恩　我們再生一個娃娃吧。

妙麗　什麼？

阿不思／榮恩　不生娃娃，那就去度假。我想要個娃娃或一個假期，而且我很堅持。我們等會商量好嗎，甜心？或去破釜酒吧喝一杯？愛妳喲。

（妙麗想了一下，懷疑地盯著他，又看向門。她讓步了。）

妙麗　要是裡面再有小臭丸，就算梅林也救不了你。好吧，我們反正得向麻瓜報告進展。

（她出去，哈利也跟著出去。）

阿不思／榮恩面向門口，不料她又進場，這次只有她一個人。）

一個娃娃——**或**——一個假期。你有時很脫線，你知道嗎？

阿不思／榮恩　就是這樣妳才會嫁給我，不是嗎？我就是喜歡捉弄人。

（她又出去了。他把門打開，但她忽然又進來，他急忙又把門關上。）

妙麗　我嚐到魚的味道，我就叫你不要吃那些炸魚條三明治。

阿不思／榮恩 妳說對了。

（她出去了。他觀察了一下，確定她走遠後，這才鬆一口氣把門打開。）

第一幕 第19場

魔法部，妙麗的辦公室

（天蠍／哈利和蝶非／妙麗躲在妙麗的辦公室門後等待。阿不思／榮恩進門後全身發軟，筋疲力竭。）

阿不思／榮恩　這實在太詭異了。

蝶非／妙麗　你真行，擋門那一招非常精采。

天蠍／哈利　你吻了你舅媽五百次，我真不知道該與你擊掌歡呼或對你皺眉！

阿不思／榮恩　榮恩是個熱情的人，我是為了讓她分心，天蠍。我這一招的確成功啦。

天蠍／哈利　然後你老爸說……

蝶非／妙麗　孩子們……她會回來——我們沒有太多時間。

阿不思／榮恩　（對天蠍／哈利說）你聽到了？

蝶非／妙麗　妙麗會把時光器藏在什麼地方呢？（她看看四周，發現那座書櫃）搜查書櫃。

（他們開始找。天蠍／哈利注視著他的朋友，一臉關切。）

天蠍／哈利　你為什麼不告訴我？

阿不思／榮恩　我爸說他但願我不是他的兒子。這不是個愉快的話題，不是嗎？

（天蠍／哈利想了一下他要說的話。）

天蠍／哈利　我懂——佛地魔那件事不是——真的——而且——你知道——但有時我覺得我可以看出我爸心裡在想：我怎麼會生出這個兒子？

阿不思／榮恩　那**還是**比我老爸好，我相信他大部分時間都在想：我怎樣才能把他送回去？

（蝶非／妙麗試圖把天蠍／哈利拉去書櫃那邊。）

蝶非／妙麗　我們先專心做眼前的事吧。

天蠍／哈利　我的看法是——我們會成為朋友一定有原因，阿不思——我們之所以會找到彼此的原因，你知道嗎？無論這是——怎樣的冒險……

（這時他忽然看到書櫃上的一本書，忍不住皺眉。）

你們看到書櫃上這些書了嗎？這都是些危險的書，禁書、被詛咒的書。

阿不思／榮恩 該如何才能把天蠍從嚴重的情緒問題上引開，把他帶去圖書館就得了。

天蠍／哈利 這些都是來自禁書區和一些別的地方。《極惡魔法》、《十五世紀的惡魔》、《魔法師十四行詩抄》——都是些連霍格華茲圖書館都禁止館藏的書！

阿不思／榮恩 《影子與幽靈》、《迷魂通靈術指南》。

蝶非／妙麗 都是一些不同凡響的書，對吧……

阿不思／榮恩 《貓眼石火的真實歷史》、《蠻橫咒及如何濫用》。

天蠍／哈利 還有，看這裡。哇，西碧・崔老妮寫的《我的眼與如何透過它們看到未來》，一本有關占卜的書。妙麗・格蘭傑最討厭占卜學。這太有意思了，這是一個線索……

（他從書櫃抽出這本書，它自動打開，並且開始說話。）

書　第一部分是第四個，一個令人失望的標記。
你會發現它出現在停放，但不在公園。

天蠍／哈利　好，原來是一本會說話的書，有點詭異。

書　第二部分是用兩條腿走路裡較不公平的那個。
邋遢、多毛，一種卵的疾病。
第三部分既是登山也是一條途徑。

阿不思／榮恩　這是一個謎語，它出給我們一道謎語。

書　在城內翻轉，在湖中滑行。

蝶非／妙麗　你們在幹嘛？

天蠍／哈利　我，噢，我打開一本書，這是——我在這個行星生活的這幾年——最不危險的一個舉動。

（書櫃上的書伸出手來抓阿不思／榮恩，他急忙閃開，差點被抓到。）

阿不思／榮恩　那是什麼？

蝶非／妙麗　（興奮）她把這裡武裝起來了，她在她的書庫裡設了防衛，時光器一定藏在這裡。解開謎語，我們就能找到它。

阿不思／榮恩　第一部分是第四個，你會發現它出現在停放（parked）但不在公園（park）。

ed……De……

天蠍／哈利　第二部分是一種卵的疾病，用兩條腿走路較不公平的那個……

蝶非／妙麗　（激動）男人（men）！催——狂——魔（De——men——tors）。

我們要找一本和催狂魔有關的書（她靠近書櫃，吃驚地發現書櫃想吃掉她），阿不思！

（阿不思／榮恩衝向書櫃，但為時已晚，她整個人已被吞沒。）

阿不思／榮恩　蝶非！這是怎麼回事？

天蠍／哈利　專心，阿不思。照她說的去做，找一本有關催狂魔的書，小心一點。

阿不思／榮恩　有了，《蠻橫的催狂魔：阿茲卡班的真實歷史》。

（那本書飛起來，打開後呼呼轉著圈子，危險地朝著天蠍／哈利撲過來。他急忙躲開，身體猛力撞上書櫃，書櫃企圖將他吃掉。）

書

我在樊籠內出生，
但奮力破籠而出，
我的底子是剛特，
瑞斗使我解脫，

讓我重獲自由。

阿不思／榮恩　佛地魔。

（蝶非／妙麗從書櫃鑽出來，已恢復她本來的面目。）

蝶非　動作快點！

（她又被拖進去，並發出尖叫。）

阿不思／榮恩　蝶非！蝶非！

（他想抓她的手，但她已經不見了。）

天蠍／哈利　她變回來了——你有注意到嗎？

阿不思／榮恩　沒有！但我更擔心她被書櫃吃掉！快找，找和佛地魔有關的任何東西。

（他發現一本書。）

《史萊哲林的傳人》？你想會是這一本嗎？

（他從書櫃拉出這本書，但它反而把他拉過去。他死命抵抗，而阿不思／榮恩被書櫃拖進去了。）

天蠍／哈利　阿不思？阿不思！！

（在天蠍／哈利能碰到他之前，阿不思／榮恩就已經不見了。他想了一下，滿腹疑惑，然後明白這就是他現在要完成的工作。）

好，不是那本。佛地魔，佛地魔，佛地魔。

（他在書櫃上尋找。）

《魔佛羅：真相》，一定是這本……

（他把書打開，它一樣轉著圈子飛走了，但這回它發出幽光和一個比先前更低沉的聲音。）

書 我是你沒見過的生物。
我是你，我是我，一種看不見的呼應。
有時在前，有時在後，
長相左右，因為我們緊密相連。

（阿不思從書櫃現身，他也變回了本來的面貌。）

天蠍／哈利 阿不思……

（他想抓住他，但書櫃的力量實在太大了。）

阿不思 不，快點——**想想想想**。

（阿不思又被書櫃用力拖進去。）

天蠍／哈利 可是我想不出來……一種看不見的呼應，那是什麼？我只有在非想不可的時候才很會想——我想不出來。

（那些書把他也拖進去了。他無力反抗，這太可怕了。一片死寂。三人都被拖了進去，萬物不存。然後，**砰**——一聲巨響——一堆書紛紛從書櫃上倒下來——天蠍又出現了，他把書推到旁邊。）

天蠍 不！妳不可以！西碧．崔老妮，不！！！

（他看看四周，跌坐地上但充滿精神。）

我們錯了，阿不思？你聽得到我的聲音嗎？這一切都只為了一個該死的時光器。想啊，天蠍，快點想。

（那些書想抓住他，但他巧妙地逃脫了。）

長相左右。有時在後，有時在前。等等，我剛才沒想到，影子，你是一個影子。《影子與幽靈》，一定是……

（他爬上書櫃，心驚膽顫，因為書櫃會往上升，他每跨出一步它就想抓住他。

他從書櫃拉出那本書，書被拉出來後，所有噪音和混亂立刻戛然而止。）

是這本——

（忽然一聲巨響，阿不思和蝶非從書櫃內摔出來，倒在地上。）

我們打敗它了！我們打敗了書庫！

（他高舉勝利手勢，而阿不思擔憂地看著蝶非。）

阿不思　蝶非，妳……？

蝶非　哇，好險。

（阿不思注意到天蠍抱在胸前的那本書。）

阿不思　是那本嗎……？天蠍？書裡面有什麼？

蝶非　我想我們要先打開看才會知道吧？

（天蠍把書打開，在它的中央——一個不斷旋轉的時光器。）

哇。

天蠍　我們找到時光器了——我沒想到我們會找到。

阿不思　兄弟，現在我們拿到手了，下一步是去拯救西追。我們的旅程才正要展開。

天蠍 才正要展開就害我們差點去掉半條命。好，這下可有好看的了。

（竊竊私語的聲音逐漸變成怒吼，舞台上一片漆黑。）

（中場休息）

第一部
{ PART ONE }

第二幕
✴
ACT TWO

第二幕 第1場

夢境，水蠟樹街，樓梯底下的櫥櫃

（年幼的哈利睡在樓梯下的櫥櫃，正在做惡夢。他感到周遭被黑暗包圍，因此輾轉反側。）

佩妮阿姨　（在幕後）哈利，哈利，這些鍋子沒洗乾淨。**這些鍋子髒死了，哈利波特**，起來！

（小哈利醒來，看見佩妮阿姨彎著腰站在他床邊。）

小哈利　佩妮阿姨，現在幾點？

佩妮阿姨　時間不早了。你要知道，我們當初答應收留你，是希望能改善你——改造你——使你成為一個高尚的人類。所以，你之所以會變得——如此懶惰，令人失望，想來還是我們的錯。

小哈利　我有嘗試——

佩妮阿姨　嘗試但沒成功，是嗎？玻璃杯上還有油漬，鍋子有燒焦的痕跡。現在趕快起床，去廚房刷鍋子。

（他下床，他的長褲後面溼了一塊。）

哎呀呀，哎呀呀，你幹了什麼好事？你又尿床啦。

（她把被子掀開。）

真受不了你。

小哈利　我……很抱歉，我想我大概做惡夢了。

佩妮阿姨　你這個噁心的小孩，只有動物才會隨地大小便。動物和噁心的小孩。

小哈利　我夢到我爸和我媽，我想我看到他們——我想我看到他們——死了？

佩妮阿姨　這關我什麼事？

小哈利　有個人大聲喊：啊喀哇——啊咀，啊喀吧——啊咀——什麼的，然後有蛇的嘶嘶聲。我聽到我媽尖叫。

（佩妮阿姨調整了一下她的情緒。）

佩妮阿姨　如果你一定要知道他們的死因才能安心的話，你聽到的應該是緊急煞車和可怕的衝撞聲。你的父母死於一場車禍，這點你是知道的，我想你母親根本來不及尖叫，你不知道的細節多著呢。現在把那些床單拆下來，去廚房刷鍋子。不要再讓我說第二遍了。

（她轉身出去，砰的一聲把門帶上。

留下小哈利抱著一堆床單。

舞台迅速轉換，樹木長出來，又換了另一個截然不同的夢境。

阿不思忽然從樹中出現，站在那裡望著小哈利。

然後他被用力拉走。

劇場內開始出現爬說語。

他來了，他來了。

那是一個絕不可能認錯的嗓音。那是佛地魔的嗓音……

哈——利——波——特——）

第二幕 第2場

哈利與金妮．波特的家，樓梯

（哈利從黑暗中驚醒，大口喘氣，喘息聲清晰可聞。恐懼使他不知所措。）

哈利 路摸思。

（金妮進場，看到光很驚訝。）

金妮 還好嗎……？

哈利 我在睡覺。

金妮 你剛剛是在睡覺。

哈利 而妳沒睡。有任何——消息嗎？任何貓頭鷹或……？

（金妮疲憊又緊張地看著他。）

金妮 都沒有。

哈利 我做夢——夢到我睡在樓梯底下，然後我——我聽到他——佛地魔——非常清楚的聲音。

金妮 佛地魔？

哈利 然後我看到——阿不思，穿著紅色衣服——他穿著德姆蘭的校袍。

金妮 德姆蘭的校袍？

（哈利想了一下。）

哈利 金妮，我想我知道他在什麼地方……

第二幕 第3場

霍格華茲，校長辦公室

（哈利與金妮站在麥教授的辦公室內。）

麥教授 然後你們不知道在禁忌森林內的什麼地方？

哈利 我有許多年沒有夢到它了，但阿不思在那裡，我知道他在那裡。

金妮 我們必須搜索森林，越快越好。

麥教授 我可以給你隆巴頓教授，他精通植物，或許幫得上忙——還有——

（煙囪內突然傳出隆隆聲，麥教授關切地注視它。妙麗從煙囪內跌跌撞撞衝出來。）

妙麗 這是真的嗎？我可以幫忙嗎？

麥教授 部長——太令人意外了……

金妮　這或許是我的錯——我說服《預言家日報》發行了一份號外，徵求志工。

麥教授　好。有道理。我想……會有很多人志願幫忙。

（榮恩衝進來，全身沾滿煤灰，脖子上圍著一條沾到醬汁的餐巾。）

榮恩　我錯過什麼了嗎——我搞不懂應該走哪一條呼嚕網，結果跑到廚房去了。

（妙麗瞪他一眼，他趕緊把餐巾拿掉）怎麼了？

（煙囪忽然又傳出隆隆聲，跩哥砰的一聲摔下來，身上和四周都是煤灰與塵土。

大家都看著他，十分意外。他站起來，拍掉身上的煤灰。）

跩哥　抱歉，弄髒了妳的地板，米奈娃。

麥教授　是我的錯，我不應該有煙囪。

哈利　見到你真意外，跩哥，我以為你不相信我做的夢。

跩哥　我是不相信，但我相信你的運氣。有哈利波特在的地方就有人行動，而且我要我的兒子平安回到我身邊。

金妮　我們現在就去禁忌森林找他們。

第二幕 第4場

禁忌森林邊緣

（阿不思和蝶非面對面，兩人手上都握著魔杖。）

阿不思　去去，武器走！

（蝶非的魔杖飛出去。）

蝶非　你現在會了，你做得很好。

（她從他手中取回她的魔杖，然後以優雅的口吻說。）

「你現在是個繳械高手了，年輕人。」

阿不思　去去，武器走！

（她的魔杖又飛到他手中。）

蝶非　你贏了。

（兩人互相擊掌。）

阿不思　我一直都不太會用咒語。

（天蠍出現在舞台後方，他看著他的朋友和女生說話——內心一半高興，一半難過。）

蝶非　我本來也不太會——但後來忽然開竅了，你有一天也會開竅的。我不是一個實力很強的巫師，但我認為你會成為一個了不起的巫師，阿不思．波特。

阿不思　那妳應該常在我身邊——多教我一點——

蝶非　我當然會常在你身邊，我們是朋友，不是嗎？

阿不思　是的，是的，當然是朋友，當然。

蝶非　太好了，太棒了！

天蠍　什麼太棒了？

（天蠍決定走過去。）

阿不思　我會用咒語了。我是說，它是很初階的咒語，但我——嗯，我終於會了。

天蠍　（過度熱心地想加入他們的談話）我找到通往學校的路了。聽著，我們這樣做確定可行嗎……

蝶非　是的！

阿不思　這是一個很好的計畫。使西追不被殺害的秘訣是阻止他在三巫鬥法大賽中獲勝，他不獲勝就不會被殺了。

天蠍　我知道，可是……

阿不思　所以我們只要盡量擾亂他在第一項任務時的各種機會就行了。第一項任務是從一條龍那裡取出一枚金蛋——西追是如何把龍引開的——

（蝶非一手舉向天空，阿不思笑嘻嘻地指著她。這兩個人現在處得十分融洽了。）

迪哥里。

蝶非　——他把一塊石頭變成狗。

阿不思　——那，給他來個小小的「去去，武器走」，他就沒辦法變了。

（天蠍不怎麼欣賞蝶非和阿不思兩人一搭一唱。）

天蠍　好，兩點疑問。第一點，確定那條龍不會殺死他？

蝶非 他怎麼老是兩點？當然不會。這裡是霍格華茲，他們不會讓任何一個鬥士受到傷害。

天蠍 好。**第二點**——**這點**更重要——我們要回到過去，但我們不知道事後我們是否能夠回來。這很刺激，我們也許應該——先回去一個小時試試看，然後……

蝶非 很抱歉，天蠍，我們沒有那麼多時間浪費。在距離學校這麼近的地方等待太危險了——我相信他們一定正在尋找你們……

阿不思 她說得對。

蝶非 現在，你們要穿上這些——

（她拿出兩個大紙袋，兩個男孩從紙袋內掏出他們要穿的長袍。）

阿不思 可是，這是德姆蘭的校袍。

蝶非 這是我叔叔的建議。如果你們穿霍格華茲校袍，人家會知道你們是誰。但另外還有兩所學校參加三巫鬥法大賽——如果你們穿德姆蘭校袍，就能融入背景中了，不是嗎？

阿不思 想得真周到！等等，那妳的校袍呢？

蝶非 阿不思，我受寵若驚，但我想我不能假扮成學生，不是嗎？我會在後面，假裝我是一個——嗯，也許我可以假扮成馴龍人。施咒的事就交給你們。

（天蠍看看她，再看看阿不思。）

天蠍 妳不該去。

蝶非 什麼？

天蠍 妳說得對，我們不需要妳來施咒。而且如果妳不穿學生袍——那就太危險了。抱歉，蝶非，妳不該去。

蝶非 可是我非去不可——他是我堂哥。阿不思？

阿不思 我想他說得對。我很抱歉。

蝶非 什麼？

阿不思 我們不會把事情搞砸啦。

蝶非 可是沒有我——你們不會使用時光器。

天蠍 妳教我們如何使用就好啦。

（蝶非真的很沮喪。）

蝶非 不行，我不能讓你們去做這件事……

阿不思 妳叫妳的叔叔相信我們，現在妳也該相信我們。學校離這裡很近，我們應該在這裡和妳分手了。

（蝶非望著他們兩個，深深吸一口氣。她點頭，笑笑。）

蝶非 那就去吧，但——要知道……今天你們擁有的是幾乎沒有人能得到的機會——今天你們要改變歷史——改變時間。但最重要的是，今天你們有這個機會使一個老人重新找回他的兒子。

（她面帶微笑注視著阿不思，然後在他的兩頰分別輕輕印上一個吻。她走進森林。阿不思凝視她的背影。）

天蠍 她沒有親我欸——你注意到沒？（他望著他的朋友）你沒事吧，阿不思？你的臉色有點蒼白又泛紅，又白又紅。

阿不思 我們走吧。

第二幕 第5場

禁忌森林

（森林似乎變得更廣大，林木也變得更茂密，有一群人在樹林間搜索——尋找兩名失蹤的巫師，但人群逐漸散開，最後剩下哈利一個人。他聽到一個聲音，轉頭朝右邊方向望過去。）

哈利　阿不思？天蠍？阿不思？

（他聽見噠噠的蹄聲。哈利大吃一驚，東張西望尋找聲音的來源。禍頭忽然出現在亮處，他是一頭高大的人馬。）

禍頭　哈利波特。

哈利　不錯，你還認得出我，禍頭。

禍頭　你老了。

哈利　是啊。

禍頭　但智慧卻沒有增長，你擅自入侵我們的土地。

哈利　我始終都很尊敬人馬，我們不是敵人。你在霍格華茲大戰中表現英勇，我們曾一起並肩作戰。

禍頭　我克盡我的本分，但我是為我的族群和我們的榮譽而戰，不是為你。那場大戰結束後，這座森林就被視為人馬的勢力範圍，如果你踏上我們的土地——沒有經過允許——你就是我們的敵人。

哈利　我的兒子失蹤了，禍頭，我需要幫手去尋找他。

禍頭　他在這裡？在我們的森林裡？

哈利　是的。

禍頭　那他和你一樣愚蠢。

哈利　你能協助我嗎，禍頭？

（一陣沉默。禍頭高高在上，傲慢地望著哈利。）

禍頭　我只能告訴你我知道的……但我告訴你不是為了你的利益，而是為我的族群。人馬不希望再有戰爭。

哈利　我們也不希望。你知道什麼？

禍頭　我看到你的兒子，哈利波特，在星象中看到他。

哈利　你在星象中看到他？

禍頭　我不能告訴你他在哪裡，我不能告訴你怎樣才能找到他。

哈利　但你有看到什麼？你有看到什麼預兆嗎？

禍頭　你兒子身邊有一團黑霧，一團危險的黑霧圍繞著他。

哈利　在阿不思身邊？

禍頭　一團可能影響我們全體的黑霧。你會再找到你的兒子，哈利波特，但接著你可能會永遠失去他。

（他發出像馬一樣的嘶鳴，然後快步離去，留下一臉迷惘的哈利。

哈利又開始尋找，心情比剛才更急切。）

哈利　阿不思！阿不思！

第二幕 第6場

禁忌森林邊緣

（天蠍和阿不思拐了個彎，只見樹林中有一處空隙……從那個空隙望過去，明顯可見那邊有……一片耀眼的燈光……）

天蠍 那裡就是……

（阿不思看到時吞了一下口水。）

阿不思 霍格華茲，以前不曾這樣看過它。

天蠍 還是會有點激動，不是嗎？當你看著它的時候？

（從樹林間望過去是**霍格華茲**——一座規模宏偉的建築與高塔群。）

打從我第一次耳聞它的大名那一刻開始，我就很想進去。我是說，我爸不是很喜歡那裡，但儘管他那樣形容……我從十歲開始，每天早晨醒來第一件事就是閱讀《預言家日報》——相信一定會發生什麼悲劇——相信我一定進不去。

阿不思 然後你進去了，發現它果然很可怕。

天蠍 我不這麼認為。

（阿不思望著他的朋友，一臉震驚。）

我一心想做的就是進霍格華茲交個朋友，掀起狂潮，像哈利波特那樣。想不到我竟然和他的兒子成為朋友，我的運氣真是太好了。

阿不思 我和我爸一點都不像。

天蠍 你比他更好。你是我最要好的朋友，阿不思。這是N級的狂潮，太棒了，一等一的棒。只不過——我必須說——我不介意承認——我現在有一點——有一點害怕。

（阿不思注視著天蠍，微笑。）

阿不思 你也是我最要好的朋友。不要擔心——我對這很有信心。

（後台傳來榮恩的聲音，他顯然離得很近。）

榮恩 阿不思？阿不思！

（阿不思轉頭去看，有些驚慌。）

阿不思 我們必須走了——現在。

（阿不思從天蠍手上接過時光器——他按下去，時光器開始震動，隨後爆發成劇烈的活動。

舞台開始變形，兩個少年看著它轉變。

這時出現一道強烈的電光石火和陣陣轟隆聲。

時間停止了，然後它開始翻轉，想了一下之後又倒轉回去，起初緩緩地……

接著它開始加速。）

第二幕 第7場

三巫鬥法大賽，禁忌森林邊緣，一九九四年

（忽然間，到處都是熱鬧的喧嘩，龐大的人群將阿不思和天蠍淹沒。然後冷不防地，「地球上最偉大的節目主持人」——這是他自稱的，不是我們——上台了。他用哄哄響擴大他的聲音，然後……呃……他十分激動。）

魯多．貝漫　各位女士與各位先生，各位男同學和女同學，現在向各位介紹——最偉大——最精采——唯一的——絕無僅有的「**三巫鬥法大賽**」。

（歡聲雷動。）

如果你是來自霍格華茲，請給我一個歡呼。

（歡聲雷動。）

如果你是來自德姆蘭——請給我一個歡呼。

（歡聲雷動。）

如果你是來自波巴洞，請給我一個歡呼。

（歡呼聲減弱。）

法國來的比較不熱心喔。

天蠍　（微笑）成功了。那是魯多．貝漫。

魯多．貝漫　他們上場了，各位女士與各位先生——各位男同學和女同學——現在向各位介紹這次參賽的**鬥士**——這也是我們齊聚在此的原因。德姆蘭的代表，瞧他那對眉眼，他走路的姿態，多麼豪邁帥氣的青年，他最拿手的就是飛天掃帚，他就是維克多．狂人喀浪。

天蠍與阿不思　（現在已很習慣扮演德姆蘭學生的角色了）狂人喀浪加油，狂人喀浪加油。

魯多．貝漫　代表波巴洞學院的是——看看塔，是花兒．戴樂古！

（現場傳出禮貌的掌聲。）

代表霍格華茲的不是一位，而是兩位學生；他讓我們嚇到全都腿軟，他是西追．帥哥迪哥里。

（群眾的歡呼聲幾近瘋狂。）

另一位是——你們都知道他是「那個活下來的男孩」。我從他小時候就認識他，他就是一直帶給我們驚喜的……

阿不思 那是我爸。

魯多．貝漫 是的，他是哈利．勇敢波特。

（群眾歡聲雷動，尤其是坐在邊上一名神情緊張的女孩——她就是小妙麗，由飾演玫瑰的同一位女演員飾演——喊得最大聲。現場為哈利加油的聲浪明顯比為西追加油的聲浪略小。）

現在——請大家安靜。第——一項——任務，從巢穴中取回一枚金蛋——各位女士與各位先生，各位男同學和女同學，現在向各位介紹——**龍**，將這些龍帶出場的是——**查理．衛斯理**。

（更多歡呼。）

小妙麗 你們如果要站這麼近，就不要一直對著我哈氣。

天蠍 玫瑰？妳在這裡做什麼？

小妙麗 誰是玫瑰？而且你的口音呢？

阿不思 （故意裝出奇怪的腔調）抱歉，妙麗，他把妳誤認為另一個人。

小妙麗 你怎麼會知道我的名字？

魯多・貝漫　不要浪費時間了，現在請我們的第一位鬥士出場——和瑞典短吻龍對決。現在上場的是——**西追・迪哥里！**

（一條怒吼的龍轉移了小妙麗的注意力，阿不思拿出他的魔杖準備。）

西追・迪哥里進場了，他似乎已經準備好了，雖然害怕，但已做好準備。他往這邊閃躲，他往那邊閃躲。他躲過攻擊，尋找掩護時女學生都為他神魂顛倒。她們一致高呼：龍先生，請不要傷害我們的迪哥里。

天蠍　阿不思，情況不大對，時光器在顫動。

（天蠍忽然面有憂色。）

魯多・貝漫　西追左閃右躲——他的魔杖已準備就緒——好個年輕、勇敢、英俊的年輕人現在挽起他的衣袖——

（滴答聲出現，那個時光器傳來一個持續不斷的危險滴答聲。）

阿不思　（伸出他的魔杖）去去，武器走！

（西追的魔杖被召喚到阿不思的手中。）

魯多・貝漫　——但是，不，這是怎麼回事？這是黑魔法還是什麼——西追・迪哥里被繳械了——

天蠍 阿不思，我覺得時光器——怪怪的……

（時光器的滴答聲越來越響亮。）

魯多·貝漫 迪哥里這邊出了差錯，這很可能使他的任務結束，也使他的鬥法大賽結束。

（天蠍抓住阿不思。

滴答聲越來越響，接著一陣閃光。

時間回到現在，阿不思痛得大叫。）

天蠍 阿不思！你受傷了嗎？阿不思，你——

阿不思 怎麼回事？

天蠍 一定是有時間限制——時光器一定有什麼**時間**限制……

阿不思 你想我們成功了嗎？你想我們有改變什麼嗎？

（他們忽然被包圍了。哈利、榮恩——他現在頭髮旁分，穿著比以前古板——金妮及踐哥從四面八方出現在舞台上。天蠍望著他們——然後暗中將時光器塞進口袋裡。阿不思望著他們的眼神有點呆滯——他仍然很痛。）

榮恩　我就說，我就說我有看到他們。

天蠍　我想我們馬上就知道了。

阿不思　哈囉，爸，出了什麼事嗎？

（哈利懷疑地望著他的兒子。）

哈利　是的，可以這麼說。

（阿不思昏倒在地上，哈利和金妮急忙過去幫忙。）

第二幕 第8場

霍格華茲，醫院廂房

（阿不思躺在一張醫院的病床上熟睡，哈利坐在他旁邊，滿面愁容。他們的上方掛著一幅畫像，畫中是一個神情憂慮但面容慈祥的男人，畫像用關懷的眼神望著兩人。哈利揉揉眼睛，站起來，在房間內踱步，伸展他的腰背。然後他接觸到畫像的眼神，那個人被發現後嚇了一跳，哈利也嚇了一跳。）

哈利 鄧不利多教授。

鄧不利多 晚安，哈利。

哈利 我好想念你，最近我每次進去校長辦公室，你的畫框內都是空的。

鄧不利多 啊，是嗎？我偶爾喜歡到我的其他畫像逛逛（他望著阿不思）。他沒問題吧？

哈利　他已經昏睡二十四小時了，情況還算正常。龐芮夫人將他的手臂復位了，但她說非常奇怪……他的手好像是在二十年前骨折，但整骨時卻錯位了，方向「正好相反」。不過，她說他會好起來。

鄧不利多　看著你的兒子痛苦，我想你一定很難受。

（哈利抬頭看看鄧不利多，再低頭看阿不思。）

哈利　我為他取了你的名字，這件事我好像一直沒有問過你的看法？

鄧不利多　坦白說，哈利，這似乎為這個可憐的孩子帶來沉重的壓力。

哈利　我需要你的協助，我需要你的意見。禍頭說阿不思會有危險，我該如何保護我的兒子，鄧不利多？

鄧不利多　有那麼多人，你卻偏偏來問我如何在極度危險之下保護一個男孩？我們無法保護孩子不讓他們受到傷害。痛苦是一定會有的。

哈利　那我只能袖手旁觀了？

鄧不利多　不，你應該教他如何面對人生。

哈利　要怎麼教？他不會聽的。

鄧不利多　他也許正在等你先去了解他。

（哈利皺著眉咀嚼這句話。）

（感慨地說）能聽到許多事是畫像的詛咒也是幸運……在學校，在魔法部，我聽到許多人在說……

哈利 你有聽到什麼有關我和我兒子的八卦嗎？

鄧不利多 不是八卦，是關心。說你們父子倆有心結，說他不好相處，他對你很不滿。我認為——也許——你對他的愛使你盲目。

哈利 盲目？

鄧不利多 你必須看到真實的他，哈利，你要找出他受傷的原因。

哈利 我難道沒有看到真實的他？有什麼在傷害我的兒子？（他想了想）或者，有誰在傷害我的兒子？

阿不思 （發出囈語）爸……

哈利 那團黑霧是指人吧？不是指東西？

鄧不利多 唉，我的看法有什麼用？我只是一幅畫像和一個回憶而已，哈利，畫像與回憶。何況我又沒有兒子。

哈利 可是，我需要你的意見。

阿不思 爸？

（哈利看一眼阿不思，再回頭看鄧不利多，但鄧不利多已經不見了。）

哈利 不，你要走了嗎？

阿不思 我們在——醫院廂房嗎？

（哈利把注意力拉回到阿不思身上。）

哈利 （心緒紊亂）是的，你——你沒事，你會恢復。龐芮夫人不知道應該開什麼處方，但說也許你可以多吃點——巧克力。你不介意我也吃一點吧？我有話要對你說，這些話你聽了可能會不高興。

（阿不思注視著他父親，他要說什麼？他決定都不要同意。）

阿不思 可以吧，我想。

（哈利拿起巧克力吃了一大塊。阿不思望著他的父親，有點困惑。）

有沒有好一點？

哈利 好多了。

（他將巧克力遞給他的兒子，阿不思掰了一小塊，父子倆一起吃巧克力。）

你的手臂現在感覺怎樣？

（阿不思動一動他的手臂。）

阿不思 很好。

哈利　（溫柔地）你去哪裡了，阿不思？你不知道我們——你媽擔心死了……

（阿不思抬頭看哈利，他現在很會撒謊。）

阿不思　我們本來決定不回學校了，我們以為我們可以從頭開始——在麻瓜世界裡——但發現我們錯了。你們找到我們時，我們正要回霍格華茲。

哈利　穿著德姆蘭的校袍？

阿不思　那個校袍是……這整件事——天蠍和我——我們都沒有經過仔細思考。

哈利　那為什麼……你為什麼逃跑？因為我嗎？因為我說的那些話？

阿不思　我不知道。當你無法適應時，霍格華茲就不是一個愉快的地方。

哈利　那麼，是天蠍——鼓勵你——離開的？

阿不思　天蠍？不。

（哈利凝視阿不思，似乎想看出他身邊是否有一團黑霧，一面深思。）

哈利　我要你和天蠍．馬份保持距離。

阿不思　什麼？天蠍？

哈利　我不知道你們當初怎麼會成為朋友，但事到如今——現在——我要你——

阿不思　和我最要好的朋友？我唯一的朋友？

哈利 他是個危險人物。

阿不思 天蠍？危險？你有見過他嗎，爸？如果你真以為他是佛地魔的兒子——

哈利 我不知道他是什麼，我只知道你必須遠離他。禍頭告訴我——

阿不思 誰是禍頭？

哈利 一頭精通預兆的人馬。他說你身邊有一團黑霧圍繞著你，而且——

阿不思 一團黑霧？

哈利 而且我有很好的理由相信黑魔法正在復甦，我必須保護你不受黑魔法的傷害，不受他的傷害，不受天蠍的傷害。

（阿不思猶豫了一下，神情堅定。）

阿不思 假如我不肯呢？假如我不願意和他保持距離？

（哈利注視他的兒子，快速思考。）

哈利 有一張地圖，以前使用它的人都要先發誓絕對不懷好意，現在我們要用它來監視——長期監視——你們。麥教授會注意你們的行蹤，任何時候你們被發現在一起——她會馬上通知我們——任何時候你們企圖離開霍格華茲——她也會通知我們。我希望你也不要和天蠍選一樣的課，不上課時，你都要待在葛來分多的交誼廳！

阿不思　你不能叫我去葛來分多！我屬於史萊哲林！

哈利　不要耍花樣，阿不思，你知道你屬於哪一個學院。假如麥教授發現你和天蠍在一起——我會用咒語修理你——這個咒語能讓我分分秒秒都能看到你的一舉一動，聽到你說的每一句話。同時，我的部門會針對他的真實身分展開調查。

阿不思　（開始哭）可是爸——你不能——這太不……

哈利　我一直認為，因為你不喜歡我，所以我對你來說並不是一個好父親。但現在我想通了，我不要你喜歡我，我只要你服從我。因為我是你的父親，我知道怎樣才會比較好。我很抱歉，阿不思，非這麼做不可。

第二幕 第9場

霍格華茲，樓梯

（阿不思跟在哈利後面走過舞台。）

阿不思 萬一我逃跑呢？我會逃跑。

哈利 阿不思，回床上去。

阿不思 我會再逃跑。

哈利 不，你不會。

阿不思 我會——而且這一次我一定不會再讓榮恩找到我。

榮恩 我是不是聽到有人叫我的名字？

（榮恩進場站在樓梯上，他的頭髮現在明顯旁分，他的袍子有點太短，他的裝扮非常古板。）

阿不思　榮恩舅舅！感謝鄧不利多。假如我們需要惡作劇的話，現在正是時候……

（榮恩皺眉，感到困惑。）

榮恩　惡作劇？我不知道什麼惡作劇。

阿不思　你當然知道，你開了一家惡作劇商店。

榮恩　（更困惑了）惡作劇商店？嗄？無論如何，我很高興我遇到了你……我本來想去買糖果——為了，呃，就是，祝你早日康復。但是，呃……芭瑪——她想得比我更周到——她認為應該買一些更有用的東西，畢竟開學了嘛——一套羽毛筆，對，對，對。看看這些壞傢伙，頂級的。

阿不思　誰是芭瑪？

（哈利對阿不思皺眉。）

哈利　你的舅媽呀。

阿不思　我有一個芭瑪舅媽？

榮恩　（對哈利）他的腦袋是不是被迷糊咒擊中呀？（對阿不思）我老婆，芭瑪。你記得嗎？她講話時如果太貼近你的臉，你就會聞到一點薄荷味。

（他靠近他）芭瑪，班憂的媽！（對哈利）所以我才會來學校。班憂又闖禍了，我本來想寄一封咆哮信給他，這事就算了，但芭瑪堅持要我親自跑一趟。我真不懂為什麼，他一定又會當面取笑我。

阿不思 可是……你娶的是妙麗呀。

（停頓。榮恩完全不明白這句話。）

榮恩 妙麗？不，不不不不不，梅林的鬍子啊。

哈利 順便一提，阿不思也忘了他被分到葛來分多。

榮恩 是啊，嗯，真遺憾，兄弟，但你是葛來分多人。

阿不思 我怎麼會被分到葛來分多？

榮恩 你說服分類帽把你分到那裡的，你忘了嗎？班憂和你打賭，說假如你完全聽它的，你絕不可能被分到葛來分多，所以你就故意選葛來分多讓他下不了台。這不能怪你，（語氣生硬）我們有時也會很想抹去他臉上的笑容，不是嗎？（狀甚緊張）拜託，可別告訴芭瑪說這是我說的。

阿不思 誰是班憂？

（榮恩與哈利同時瞪著阿不思。）

榮恩 我的天啊，你真的變了個人了？無論如何，我該走了，免得我也收到一封咆哮信。

（他步履蹣跚地走了，一點也不像過去的他。）

阿不思 可是這不……合理。

哈利 阿不思，你怎麼假裝都沒用，我不會改變心意的。

阿不思 爸，你有兩個選擇，要嘛你帶我去——

哈利 不，你只有一個選擇，阿不思，你要照我的話去做，否則你會惹上更大——比這更大——的麻煩，你明白嗎？

（天蠍出現在樓梯另一端，見到阿不思時很高興。）

天蠍 阿不思？你沒事，太好了。

（哈利輕蔑地從天蠍身邊走過。）

哈利 他完全好了。我們得走了。

（阿不思望著天蠍，心都碎了。他跟著父親離開，忽視天蠍絕望的目光。）

天蠍 你在生我的氣嗎？這是怎麼一回事？

（阿不思停下腳步，轉身面對天蠍。）

阿不思 它成功了嗎？它有成功嗎？

天蠍 沒有……但，阿不思——

哈利 阿不思，無論你們談的是什麼莫名其妙的事，現在都必須停止了。這是我對你的最後警告。

（阿不思夾在他的父親和他的朋友之間，左右為難。）

阿不思 我不能，好嗎？

天蠍 不能怎樣？

阿不思 就——我們最好不要再見面了，好嗎？

（天蠍目送阿不思離開。他心碎了。）

第二幕 第10場

霍格華茲，校長辦公室

（麥教授一臉不高興，哈利態度強硬，金妮不知道該怎麼辦。）

麥教授 我不認為這是劫盜地圖的真正目的。

哈利 如果妳看見他們兩個在一起，就盡快趕過去把他們分開。

麥教授 哈利，你確定這是正確的決定嗎？我一點也不懷疑人馬的智慧，但禍頭是頭脾氣暴躁的人馬，何況……牠不應該為牠自己的目的歪曲星象。

哈利 我相信禍頭。阿不思一定要和天蠍保持距離，為他好，也為其他人好。

金妮 我想哈利的意思是……

哈利 （斷然地）教授明白我的意思。

（金妮注視哈利，很驚訝他用這種口氣對她說話。）

麥教授 阿不思由國內最好的女巫和巫師檢查過了，沒有在他身上發現或偵測到任何厄咒或詛咒。

哈利 而且鄧不利多——鄧不利多說——

麥教授 什麼？

哈利 他的畫像。我們談過話，他說了一些話很有道理——

麥教授 鄧不利多死了，哈利。而且我以前就告訴過你，畫像不能代表什麼，甚至連它們一半的話都不能相信。

哈利 他說愛使我盲目。

麥教授 校長的畫像是一種回憶，它理應是支持我決策的一種後援機制，但我在接任他的職務時，就被勸告不能把畫像誤認為真人。現在我也要這樣奉勸你。

哈利 但他是對的，我現在明白了。

麥教授 哈利，你承受了太大的壓力，先是阿不思失蹤，然後到處奔波尋找他，又擔心你的疤會痛或許意味著什麼。但請你相信我對你說的話，你這樣做是錯誤的——

哈利 阿不思以前不喜歡我，以後可能也還是不喜歡我，但這樣做他很安全。

我非常尊敬妳，米奈娃——但妳沒有孩子——

金妮 哈利！

哈利 ——妳無法體會。

麥教授 （深受傷害）我本來希望當一輩子教授就意味著——

哈利 這張地圖任何時刻都能讓妳掌握我兒子的行蹤——我希望妳能使用它。如果被我知道妳沒有使用它——我會想辦法趕到學校——充分利用魔法部的職權——妳明白嗎？

麥教授 （為他尖刻無情的語氣而惶惑不安）非常明白。

（金妮望著哈利，不明白他怎麼會變成這樣。他沒有回望她。）

第二幕 第11場

霍格華茲，黑魔法防禦術教室

（阿不思進入教室，但不怎麼確定。）

妙麗 啊，我們的火車逃犯終於來上課了。

阿不思 妙麗？

（他一臉驚訝。妙麗站在教室前面。）

妙麗 我想我的稱呼應該是格蘭傑教授，波特。

阿不思 妳在這裡做什麼？

妙麗 教書啊，我活該自作自受。你又在這裡做什麼？我希望你是來上課的。

阿不思 可是妳是……妳是……魔法部長呀。

妙麗 你又做夢了是嗎，波特？今天我們要學習護法咒。

阿不思　（感到訝異）妳是我們的黑魔法防禦術教授？

（有人在竊笑。）

妙麗　我沒耐心了，葛來分多太蠢，扣十分。

波麗．查普曼　（站起來，當眾侮辱他）不，不，他是故意的，他討厭葛來分多，誰都知道。

妙麗　坐下，波麗．查普曼，不要把事情鬧得更大。（波麗嘆氣，坐下）我建議你也和她一樣坐下，阿不思，結束這場鬧劇。

阿不思　但妳不是這種刻薄的人呀。

妙麗　葛來分多再扣二十分，讓阿不思．波特明白我就是這種刻薄的人。

楊恩．弗烈德　阿不思，如果你不趕快坐下……

（阿不思坐下來。）

阿不思　我可以說一——

妙麗　不，你不可以。嘴巴閉起來，波特，否則你會失去你那一點有限的人緣。現在，誰能告訴我什麼是護法咒？沒有？一個都沒有。你們真是一群令人失望的學生。

（妙麗微微冷笑。果然是個刻薄的人。）

阿不思 不，這太蠢了。玫瑰在哪裡？她會說妳這樣很可笑。

妙麗 誰是玫瑰？你的隱形朋友嗎？

阿不思 玫瑰．格蘭傑－衛斯理！妳的女兒啊！（他恍然大悟）對了……因為妳和榮恩沒有結婚，所以玫瑰——

（有人在竊笑。）

妙麗 你好大的膽子！葛來分多扣五十分。要是有人敢再搗蛋，我就扣一百分……

（她瞪著全班，沒有一個人敢動一根寒毛。）

很好。護法咒是一種神奇的符咒，它能把你最正面的能量投射出來，並且以你最喜愛的動物形態呈現。它是一種光明天賦，如果你能施展護法咒，你就能保護自己免受世界的傷害。以我們目前的情況來看，這是遲早必備的技能。

第二幕 第12場

霍格華茲，樓梯

（阿不思走上樓梯，邊走邊東張西望。

他沒有看到任何東西。他退場。樓梯有如跳舞般活動起來。

天蠍隨後進場，他覺得他似乎看到阿不思，但發現他不在這裡。

他洩氣地坐在樓梯頂上，樓梯開始轉動。

胡奇夫人進場，走上樓梯，到了樓梯頂上，她揮手示意天蠍讓路。

天蠍讓開，從旁邊出去——一副可憐兮兮的落寞樣。

阿不思進場，走上一座樓梯。

天蠍進場，走上另一座樓梯。

兩座樓梯會合，兩個少年互相對看。

眼神中有失落也有希望。

然後阿不思移開視線，這短暫的連結破局——或許連同他們的友誼。樓梯又分開了——兩人相望——一個內心充滿愧疚——另一個內心充滿痛苦——兩人都很不快樂。）

第二幕 第13場

哈利與金妮．波特的家，廚房

（金妮和哈利疲憊又無奈地四目對望，兩人心中都明白免不了會有一場爭執。）

哈利　這是正確的決定。

金妮　你的口氣好像很肯定。

哈利　妳叫我要對他坦誠，但事實上我也必須對我自己坦誠，相信我的心對我所說的話……

金妮　哈利，你有一顆比任何巫師都更偉大的心，我不相信你的心會叫你這樣做。

（他們聽到有人敲門。）

有人敲門，救星來了。

（她退場。
過了一會，踋哥進場，怒氣沖沖，但盡力掩飾。）

踋哥 我不能待太久，我也不需要太多時間。

哈利 有什麼我可以效勞的？

踋哥 我不是來這裡跟你作對的，但我的兒子在哭，而我是他的父親，所以我來問你為什麼要把兩個好朋友拆散。

哈利 我沒有拆散他們。

踋哥 你更改學校的課表，你威脅教授和阿不思。為什麼？

（哈利謹慎地望著踋哥，然後別過臉。）

哈利 我必須保護我的兒子。

踋哥 遠離天蠍？

哈利 禍頭告訴我，牠感應到我兒子身邊有一團黑霧，圍繞在我兒子四周。

踋哥 你在暗示什麼，波特？

（哈利轉頭凝視踋哥。）

哈利 你確定……你真的確定他是你的兒子嗎，踋哥？

（一陣死寂。）

蹺哥 收回這句話……現在。

（哈利不肯。蹺哥於是拔出他的魔杖。）

哈利 你不會這麼做。

蹺哥 我會。

哈利 我不想傷害你，蹺哥。

蹺哥 真有趣，我卻想傷害你。

（兩人擺出決鬥架式，接著互相發射咒語。）

蹺哥與哈利 去去，武器走！

（他們的魔杖相斥後分開。）

蹺哥 繩繩禁！

（哈利避開從蹺哥魔杖射出的一道強勁氣流。）

哈利 塔朗泰拉跳！

（蹺哥急忙躲開。）

哈利 你有在練習喔，蹺哥。

蹺哥 而你退步了，波特。涎涎牙！

（哈利在千鈞一髮之際閃開。）

哈利 哩吐三卜啦！

（蹺哥用一張椅子擋開攻擊。）

蹺哥 翻翻滾！

（哈利被擊中後向後空翻。蹺哥哈哈大笑。）

繼續來啊，老先生。

哈利 我們兩個同年，蹺哥。

蹺哥 我的狀況比較好。

哈利 束束縛！

（蹺哥被綁緊了。）

蹺哥 這是你最厲害的一招嗎？鬆鬆綁！

（蹺哥為自己鬆綁。）

倒倒吊！

（哈利被拋出去。）

浮浮，殭屍行！呵呵，這實在太好玩了……

（踋哥讓哈利在桌上上下跳動，然後哈利滾開。踋哥跳到桌上，舉起魔杖，但哈利已早一步對他念出咒語……）

哈利 遮遮，蒙眼！

（咒語一擊中，踋哥立刻自行解除蒙眼咒。

兩人拉起架式——哈利扔出一張椅子。

踋哥迅速低下頭，並用他的魔杖使椅子減慢速度。）

金妮 我才出去三分鐘！

（她看著亂七八糟的廚房，再看看停在半空中的椅子。她舉起魔杖發號施令，讓那些椅子復歸原位。）

（用比無奈更無奈的語氣）我錯過什麼了嗎？

第二幕 第14場

霍格華茲，樓梯

（天蠍悶悶不樂地走下樓梯。

蝶非從另一側匆匆走進來。）

蝶非　所以——從技術面來說——我不該在這裡出現。

天蠍　蝶非？

蝶非　事實上，從技術面來說，我這樣做危害到我們的整體作業……這並不……哎，我不是你們以為的那種天生的冒險家。我沒來過霍格華茲，但這裡的安檢很鬆，不是嗎？這裡有那麼多畫像和長廊，以及那些幽靈！一個長相怪異的無頭鬼告訴我哪裡可以找到你，你相信嗎？

天蠍　妳沒來過霍格華茲？

蝶非　我——小時候——生了一場病——病了好幾年。其他人都來了——但我沒有。

天蠍　妳小時候——生病？抱歉，我不知道這件事。

蝶非　我不會到處張揚這件事——我不要人家認為這是個悲慘的案例，懂嗎？

（這在天蠍心中留下深刻的印象。他開口想說點什麼，但有一名學生恰好經過，蝶非立刻躲起來。天蠍故意裝作沒事，直到那名學生走過去。）

天蠍　他走了嗎？

蝶非　蝶非，妳在這裡可能很危險——

天蠍　這——總得有人來為這件事想個辦法。

蝶非　蝶非，樣樣都不成功，時光器和我們都失敗了。

天蠍　我知道，阿不思有派貓頭鷹送信給我。歷史典籍改了，但改得還不夠——西追仍然死了。事實上，第一項任務失敗只有使他更下定決心，要在第二項任務中獲勝。

天蠍　還有，榮恩和妙麗的關係完全走樣——我到現在還沒搞清楚這到底是為什麼。

蝶非　這就是為什麼西追必須先等一下的原因。這一切都變得十分混亂，但你留下時光器是對的。我的意思是——總要有人來幫你們倆想個辦法。

天蠍　喔。

蝶非　你們是最要好的朋友。我從他派來的每一隻貓頭鷹中，都能感受到他失去你的感覺。他非常崩潰。

天蠍　聽起來他似乎已經找到一個傾訴的對象。到目前為止，他總共派了幾次貓頭鷹給妳？

（蝶非微微一笑。）

蝶非　抱歉。我——不是有意——我只是——不明白這到底是怎麼回事。我曾試著去看他，去找他說話，但他每次都跑走。

天蠍　你知道，我在你們這個年紀時連一個好朋友都沒有。我很想要交一個，想死了。我小時候甚至虛構了一個好友，但——

蝶非　我也曾經虛構過一個，我叫他小弗。我們後來為了多多石的正確規則意見不合而絕交了。

天蠍　阿不思需要你，天蠍，那是最棒的一件事。

蝶非　他需要我做什麼？

蝶非

友情這回事就是這樣，不是嗎？你不知道他需要什麼，你只知道他需要。

去找他吧，天蠍，你們兩個——你們該在一起。

第二幕 第15場

哈利與金妮．波特的家，廚房

（哈利和跩哥各據一方分開坐，金妮站在他們中間。）

跩哥 抱歉，把妳的廚房搞得亂七八糟，金妮。

金妮 喔，這不是我的廚房，大部分都是哈利在做飯。

（一片沉默。）

跩哥 （這對他並不容易）我也沒辦法跟他談，我是說天蠍。尤其是自從——翠菊走了之後，我甚至沒辦法跟他聊她走了之後對他有什麼影響。我有努力嘗試，但說不動他。你們無法跟阿不思談，我無法跟天蠍談，問題在這裡，不是我兒子邪不邪惡的問題。你也許相信一頭傲慢人馬所說的話，但你也知道友情的力量是多麼強大。

哈利 跩哥，無論你怎麼想——

跩哥 你知道嗎？我一直都很羨慕你和他們——衛斯理和格蘭傑。以前我有——克拉和高爾。

金妮 兩個連飛天掃帚的頭尾都分不清的笨蛋。你——你們三個——你們以前很引人注目，你知道嗎？你們彼此相親相愛，你們樂在其中。我羨慕你們的友情勝過其他任何事物。

跩哥 我也羨慕他們。

金妮 （哈利詫異地看一眼金妮。）

我必須保護他——

哈利 大部分時候，我父親也認為他那麼做是在保護我。大家都說育兒是全世界最艱難的工作——但他們錯了——成長才是。只是我們忘了成長有多困難。

跩哥 我想——到了某個階段——你不得不選擇將來要成為怎樣的人。這種時候，你就需要一個家長或一個朋友。假如你在那個時候就學會討厭你的父母，身邊又沒有任何朋友……那麼你注定要孤獨，而孤獨——

（哈利越是試圖反駁這句話，這句話就越讓他有所共鳴。）

是多麼痛苦的一件事。我很孤獨，有很長一段時間，孤獨把我推到真正的黑暗之地。湯姆．瑞斗小時候也是個孤獨的孩子。你也許不了解，哈利，但我了解——我想金妮也會了解。

金妮 他說得對。

（哈利抬頭看金妮）

踐哥 湯姆．瑞斗沒能脫離他的黑暗之地，從而成為佛地魔王。禍頭看到的黑霧也許是阿不思的孤獨與寂寞，他的痛苦，他的怨恨。不要失去這個孩子，否則你會後悔，他將來也會後悔，因為他會需要你，以及天蠍。

（哈利注視著踐哥，腦子裡在思索。

他張口想說話，但仍繼續思考。）

金妮 哈利，是你去拿呼嚕粉，還是我去？

第二幕 第16場

霍格華茲，圖書館

（天蠍到了圖書館，他左看右看，看到阿不思。阿不思也看到他。）

天蠍 嗨。

阿不思 天蠍，我不能……

天蠍 我知道。你現在進了葛來分多，不想見我，但我還是來了，來找你說話。

阿不思 嗯，我不能和你說話，所以……

天蠍 你必須，你以為你可以什麼都不管了嗎？天下大亂了，你有沒有發現？

阿不思 我知道，好嗎？榮恩變得好奇怪，妙麗現在是學校教授，一切都變了樣，但──

天蠍 還有玫瑰根本不存在──

阿不思 我知道。聽我說，這一切我完全不明白，但你不能在這裡。

天蠍 ——由於我們所做的一切，玫瑰甚至無法出生。你還記得三巫鬥法大賽的耶誕舞會嗎？四位參賽的鬥士都要攜伴參加。你父親帶了芭蒂・巴提，維克多・喀浪帶了——

阿不思 妙麗。結果榮恩醋勁大發，表現得像一頭蠢驢。

天蠍 但他沒有。我在麗塔・史譏的書上看到這一段記載，和以前完全不一樣。榮恩帶妙麗去參加舞會。

阿不思 什麼？

波麗・查普曼 噓！

（天蠍瞥一眼波麗，然後壓低嗓子。）

天蠍 以朋友的身分。然後他們一起跳舞，跳得很愉快。接著他和芭瑪・巴提跳舞，兩人相處得更愉快。後來他們開始約會，他有了一些改變，結果他們就結婚了。妙麗則變成一個——

阿不思 ——神經病。

天蠍 妙麗本來應該和喀浪一起參加舞會的——你知道她為什麼沒有嗎？因為她懷疑她在第一項任務時遇到的那兩個怪異的德姆蘭學生和西追的魔杖

不見了有關。她認為我們是在維克多的指示下暗中搞鬼，讓西追在第一項任務中失敗……

阿不思 哇。

天蠍 沒有喀浪，榮恩就不會醋勁大發。那個嫉妒心是關鍵，所以榮恩和妙麗後來雖然一直維持良好的友誼，卻始終沒有發展成愛情——他們沒有結婚——**當然就不會有玫瑰**。

（阿不思迅速推測中。）

阿不思 所以我爸才會如此——他也變了嗎？

天蠍 我相信你爸還是跟以前一樣，擔任魔法執法部門主管，和金妮結婚，生了三個孩子。

阿不思 原來如此，所以他才會這麼——

（一名圖書管員進場，走到後面。）

天蠍 你有在聽我說嗎，阿不思？這比你和你爸的事更重要。郭魯克教授的法則是——一個人在時空中旅行時，能不受到嚴重傷害、全身而退的最長時間是五個鐘頭，我們卻倒回去好幾年。即便是最短的時間、最小的改變，也會激起漣漪。而我們——我們卻引發了巨大的波瀾。由於我們所做的事，玫瑰無法出生了。玫瑰……

圖書館員 噓！

（阿不思迅速思考。）

阿不思 好，那我們再回去——修正，把西追和玫瑰找回來。

天蠍 ……這是個錯誤的答案。

阿不思 時光器還在你那裡吧？沒有被人發現？

（天蠍從他口袋掏出時光器。）

天蠍 在，可是……

（阿不思從他手中一把搶過。）

不，不行……阿不思，你還不明白這可能引發多麼嚴重的後果嗎？

（天蠍伸手想把時光器拿回來，但阿不思將他推開，兩人扭打成一團。）

阿不思 一定要把情況修正，天蠍。我們仍然必須拯救西追，也必須帶玫瑰回來。這次我們會更小心，無論郭魯克教授怎麼說，相信我，相信我們。這次我們會成功。

天蠍 不，我們不會成功。還回去吧，阿不思！把它還回去！

阿不思 不行，這個太重要了。

天蠍 是的，它太重要——對我們來說。因為我們不善於使用這個東西，我們會出差錯。

阿不思 誰說我們會出差錯？

天蠍 **我**，因為我們**已經出差錯了**。我們把事情搞得一團糟，我們失敗了。我們是失敗者，徹頭徹尾的失敗者，你還不明白嗎？

（阿不思終於占上風，將天蠍壓在地上動彈不得。）

阿不思 哼，我在認識你以前可不是個失敗者。

天蠍 阿不思，無論你想向你爸證明什麼——你都不能用這種方式——

阿不思 我沒有要向我爸證明什麼，我一定要救回西追和玫瑰。而且，如果沒有你扯我後腿，我或許還能順利完成。

天蠍 沒有我？喔，可憐的阿不思．波特，因為這樣就憤憤不平。可憐的阿不思．波特，可悲啊。

阿不思 你說什麼？

天蠍 （發飆）那你試試看過我的人生！人家注視你，是因為你爸是名聞天下的哈利波特，魔法界的救世主。人家注視我，是因為他們以為我爸是佛地魔。佛地魔。

阿不思 你不要——

天蠍 你能稍微想像一下那是怎樣的人生嗎？你試過嗎？沒有，因為你最遠只能看到你的鼻尖，因為除了你和你爸之間那一點蠢事之外，你看不到比那更遠的地方。他永遠都是哈利波特，這點你一定明白吧？而你永遠都是他的兒子。我知道這很難，其他孩子很壞，但你還是得學著接受這點，因為——天底下還有比這更糟糕的事，你懂嗎？

（停頓。）

當我發現時間可以倒轉時，我高興了一下。我心想，也許我的母親可以不生病，也許我的母親可以不死，但結果沒有，她仍然死了。我依舊是那個佛地魔的孩子，沒有母親，仍在同情那個不懂得回報的少年。所以如果我說的這些毀了你的人生，那我很抱歉——但你是不可能毀掉我的——因為它已經毀了。你也沒有使它變得更好，因為你是一個很差勁——最差勁的——朋友。

（阿不思咀嚼天蠍的話，他明白他已嚴重傷害了他的朋友。）

麥教授 （聲音從後台傳來）阿不思？阿不思・波特，天蠍・馬份，你們在那——在一起嗎？我奉勸你們不要在一起。

（阿不思看看天蠍，從他的包包裡拉出一件斗篷。）

阿不思 快，我們必須躲起來。

天蠍 什麼？

阿不思 天蠍，看著我。

天蠍 那是隱形斗篷？它不是詹姆的嗎？

阿不思 萬一被她發現，我們就會被迫永遠分開。拜託，我真不懂，拜託。

麥教授 （從後台說話，想多給他們一點機會）我要進去囉。

（麥教授進入房間，她的手上拿著劫盜地圖。兩個少年消失在斗篷底下，她無奈地四下尋找。）

唉，他們跑去哪裡了——我本來就不想要用這個東西，現在它又在捉弄我。

（她想了一下，再看看地圖，確認他們應該在的地點。她看看四周，兩個隱形男孩經過的地方有東西在動。她看出他們要去的地方，想過去攔阻他們，但他們從她旁邊繞過去。）

（最後落下的一本書告訴了她，他們在幹嘛以及使用了什麼。）

你父親的斗篷。

（她看看地圖，再看看兩個男孩。她思考了一下，對自己露出微笑。）

好吧，既然看不到你們，就當作我沒看到好了。

（她退場。兩個男孩拉下斗篷，默默地坐在一起。）

阿不思 沒錯，我從詹姆那裡偷了這件斗篷。要偷他的東西很容易，他的行李箱密碼鎖的密碼是他得到第一支飛天掃帚的日期。我發現用這件斗篷來逃避同學的欺侮非常方便。

（天蠍點頭。）

我很遺憾——關於你媽的事。我知道我們很少談到她——但我希望你知道——我很遺憾——關於她的那些話——還有你的——那些都是胡說八道。

天蠍 謝謝。

阿不思 我爸說——說你就是圍繞在我身邊的那團黑霧。我爸這麼認為——所以

天蠍　我只好和你保持距離，否則的話，我爸說他會——

阿不思　你爸認為那些謠言是真的——我是佛地魔的兒子？

天蠍　（點頭）他的部門現在正在調查。

阿不思　很好，讓他們去調查。有時——有時我發現自己也在想——說不定那是真的。

天蠍　不，那不是真的，我告訴你為什麼。因為我認為佛地魔不可能會有一個善良的兒子——而你很善良，天蠍，從裡到外都很善良。我真的認為佛地魔——佛地魔不可能會有像你這樣的兒子。

（停頓。天蠍聽了很感動。）

天蠍　很高興——很高興聽你這麼說。

阿不思　這些話我很早以前就應該說了。你不會——你不可能——扯我後腿——你使我更堅強——當我爸強迫我們分開時——假如沒有你——

天蠍　我也不怎麼喜歡少了你的人生。

阿不思　我知道自己永遠都會是哈利波特的兒子——我會把這個念頭從腦袋撇開——我知道比起你，我的人生真的好太多了，他和我都很幸運，而且——

天蠍　（打斷阿不思的話）我很感激你的道歉，但你又開始嘮嘮叨叨談**你自己**而不是**我**了，所以，趁情況還沒變糟前停止吧。

（阿不思微笑，伸出手來。）

阿不思　仍然是朋友？

天蠍　永遠都是。

（天蠍伸手，但阿不思將天蠍拉過去摟抱他。）

這是你第二次這麼做了。

（兩個少年立刻分開，微笑。）

阿不思　我很高興我們起了這個爭執，因為它讓我想到一個好點子。

天蠍　什麼點子？

阿不思　和第二項任務有關，以及和羞辱有關。

天蠍　你還在談回到過去？我們談的是同一件事嗎？

阿不思　你說得對——我們是失敗者，我們擅長失敗，所以我們要把我們的專長用在這裡，運用我們的實力。失敗者之所以成為失敗者是有原因的，只有一個方法能使失敗者成為失敗者——而我們比任何人都更了解——那就是羞辱。所以第二項任務，我們必須羞辱他。

（天蠍思索——想了很久——終於露出笑容。）

天蠍 這是個很好的策略。

阿不思 我知道。

天蠍 我的意思是，令人驚歎。以羞辱西追來拯救西追，非常聰明。那麼玫瑰呢？

阿不思 這個我暫且保留，到時候給你一個驚喜。我**可以**自己來，不需要你幫忙——但我**想要**你在場，因為我想要我們一起做這件事，將這些事情修正過來，所以……你會來吧？

天蠍 可是，等一下，第二項任務的地點不是在湖中嗎？而你不是被禁止離開校園嗎？

（阿不思咧嘴笑。）

阿不思 是的，關於這點……我們必須去找二樓的女生廁所。

第二幕 第17場

霍格華茲，樓梯

（榮恩走下樓梯，神情憔悴，萎靡不振。他看到妙麗，表情立刻改變。）

榮恩　格蘭傑教授。

（妙麗轉頭看到他，一顆心也小鹿亂撞，但她不會承認。）

妙麗　榮恩，你在這裡做什麼？

榮恩　班憂在魔藥學課堂上出了點意外，當然是愛現的緣故，把錯的材料放進錯的材料裡。現在他不但沒有眉毛，還長出滿臉鬍鬚，實在不像樣。我本來不想來，但芭瑪說當兒子臉上長東西時，他需要的是父親。妳都怎麼整理妳的頭髮？

妙麗　只是梳一梳而已。

榮恩 喔……妳這樣梳很好看。

（妙麗有點詫異地望著榮恩。）

妙麗 榮恩，你不要用那種眼神看我好嗎？

榮恩 （鼓起勇氣）妳知道嗎？哈利的兒子阿不思——前幾天對我說，說他還以為妳和我——結婚了。哈哈，哈，哈，很荒謬，我知道。

妙麗 非常荒謬。

榮恩 他甚至認為我們有一個女兒，這真是太奇怪了，不是嗎？

（兩人四目相對。妙麗先移開眼光。）

妙麗 再奇怪不過了。

榮恩 是啊。我們是——朋友，只是朋友。

妙麗 確實，只是——朋友。

榮恩 只是——朋友。有趣的一個詞——朋友。不是說有趣啦，只不過是一個詞，朋友。朋友。有趣的朋友。妳，我的有趣的朋友，我的妙麗。不——不是**我的**妙麗，妳明白我的意思——不是**我的**妙麗——不是**我的**——妳知道，但是……

妙麗 我知道。

（兩人都有點躊躇，站在那裡不動，這一刻太重要了，不能有任何動作。

然後榮恩輕咳一聲。）

榮恩 呃，我該走了。去幫班憂解決問題，去教他打理鬍鬚的藝術。

（他走開，又轉頭望著妙麗，她也回望他。他慌忙繼續往前走。）

妳的髮型真的很適合妳。

第二幕 第18場

霍格華茲，校長辦公室

（麥教授獨自站在舞台上，她看著地圖，皺眉。她用她的魔杖在地圖上點一下，然後兀自為她所作的決定微笑。）

麥教授　惡作劇完成。

（一陣咔嗒咔嗒的聲音。

整個舞台開始震動。

金妮第一個從壁爐現身，接著是哈利。）

金妮　教授，以這種方式來拜訪實在很失禮。

麥教授　波特，你回來了，你終於還是把我的地毯毀了。

哈利　我必須找到我的兒子。我們必須。

麥教授 哈利，我正在思考這件事，並且決定不參與了。不管你如何威脅，我——

哈利 米奈娃，我是為了和平而來，不是為了鬥爭。我不應該用那種態度對妳說話。

麥教授 我不認為我可以干涉友誼，而且我相信——

哈利 我必須向妳和阿不思道歉，妳願意給我這個機會嗎？

（踋哥也砰的一聲夾帶一堆煤灰抵達。）

麥教授 踋哥？

踋哥 他要見他的兒子，我要見我的兒子。

哈利 如我所說——為和平——不為鬥爭。

（麥教授注視著他的臉，看見她想看見的真誠。她從口袋裡掏出那張地圖打開。）

麥教授 噢，如果是和平，那我可以參與。

（她用她的魔杖拍拍地圖，嘆一口氣。）

我在此鄭重發誓，我絕對不懷好意。

（地圖開始活動。）

噢，他們在一起。

蹺哥 在二樓的女生廁所。他們在女生廁所做什麼？

第二幕 第19場

霍格華茲，女生廁所

（天皺與阿不思走進廁所，廁所中央是一個大型維多利亞式水槽。）

天皺 讓我先了解一下——我們的計畫是使用暴食咒……

阿不思 是的，天皺，麻煩你，那塊肥皂……

（天皺從水槽內撈出一塊肥皂。）

暴暴吞！

（他舉起魔杖射出一道電光，肥皂脹成四倍大。）

天皺 好，想想我暴脹後的模樣。

阿不思 第二項任務在湖中進行，他們必須找回他們被偷走的東西，那就是——

天皺 ——他們心愛的人。

阿不思　西追使用氣泡頭咒在湖中游泳，我們要做的是跟蹤他，然後用暴食咒把他變大。我們知道時光器不會給我們很多時間，所以我們的動作要迅速。跟蹤他，然後對準他的頭使出暴暴吞，看著他浮出水面——退出任務——退出比賽……

天蠍　可是——你還沒有告訴我，我們要怎麼進入那個湖……

（這時水槽中央忽然噴出一股水柱，緊接著冒出一個全身溼淋淋的愛哭鬼麥朵。）

愛哭鬼麥朵　哇，好痛快，從來沒有這樣享受過。等你們到我這個年紀，你們就會……

天蠍　當然——妳是天才——愛哭鬼麥朵……

（愛哭鬼麥朵對著天蠍猛撲過去。）

愛哭鬼麥朵　你叫我什麼？我愛哭？我現在有在哭嗎？**有嗎**？**有嗎**？

天蠍　沒有。

愛哭鬼麥朵　那我叫什麼名字？

天蠍　麥朵。

愛哭鬼麥朵　對了——麥朵，麥朵．伊麗莎白．華倫——一個漂亮的名字——我的名字。用不著再多加愛哭鬼三個字。

（吃吃笑）很久沒有男生進來我的廁所了，我的女生廁所。嗯，那當然不好……但我對波特家的人總是心軟，我對馬份家的人也會稍微客氣一點。現在，我能幫你們兩位什麼忙呢？

阿不思　麥朵，妳當時在場——在湖中，記載中有提到妳。這些水管想必有個出口。

愛哭鬼麥朵　我到處在場。你們有特別想去的地方嗎？

阿不思　第二項任務，湖中任務，三巫鬥法大賽，二十五年前。哈利與西追。

愛哭鬼麥朵　長得那麼帥的一個男生就這樣死了，真可惜。我不是說你父親長得不帥——但西追．迪哥里——你一定會感到驚訝，我在這間廁所聽到多少女生施展愛情魔法……還有，他死了以後，她們都躲在這裡哭。

阿不思　幫助我們，麥朵，幫助我們進入那個湖。

愛哭鬼麥朵　你們認為我能幫助你們穿越時空？

阿不思　我們需要妳保密。

愛哭鬼麥朵　我喜歡秘密。我發誓，否則不得好死。哎，都一樣啦，你知道的，對幽靈來說。

（阿不思對天蠍點頭，天蠍拿出時光器。）

阿不思　我們能穿越時空，而妳幫我們通過下水道。我們要去救西追・迪哥里。

愛哭鬼麥朵　（微笑）哇，聽起來很好玩。

阿不思　我們沒有那麼多時間，所以不能失敗。

愛哭鬼麥朵　就是這個水槽，這個水槽一直通往湖心。它違反許多規定，但這所學校已經很老了，你們進去就可以一直通到湖心。

（阿不思進入水槽，把頭浸到水裡。天蠍也學他。阿不思從一個袋子裡拿出一把綠色的葉子交給天蠍。）

阿不思　一半給我，一半給你。

天蠍　魚鰓草？我們要用魚鰓草？在水中呼吸？

阿不思　像我爸那樣。現在，你準備好了嗎？

天蠍　記住，這次，我們不能被困在時間裡……

阿不思　五分鐘，我們只有五分鐘，然後我們就會回到現在。

天蠍　告訴我這次不會有問題。

阿不思　（咧嘴笑）絕對沒問題。你準備好了嗎？

（阿不思把魚鰓草吃下去，然後沉入水中。）

天蠍　不，阿不思——阿不思——

（他抬頭，這裡只剩下他和愛哭鬼麥朵。）

愛哭鬼麥朵　我喜歡勇敢的男生。

天蠍　（有點害怕，又有點勇敢）好，我準備好了，無論接下來會是什麼。

（他吃下魚鰓草，然後沉下去。

剩下愛哭鬼麥朵獨自在舞台上。

此時出現一道強烈的電光石火和陣陣轟隆聲。

時間停止了，然後它開始翻轉，想了一下之後又倒轉回去……

男孩們消失了。

哈利跑出來，眉頭深鎖。他身後跟著踠哥、金妮和麥教授。）

哈利　阿不思……阿不思……

金妮　他不見了。

（他們在地上發現男孩的斗篷。）

麥教授　（察看地圖）他消失了，不對，他在霍格華茲地底下移動，不對，他消失了——

踱哥　他是怎麼辦到的？

愛哭鬼麥朵　他用了一個漂亮的小飾品。

哈利　麥朵！

愛哭鬼麥朵　唔，被你逮到了。我一直想要躲起來。哈囉，哈利。哈囉，踱哥。你們又變成壞孩子了嗎？

哈利　他用了什麼小飾品？

愛哭鬼麥朵　我想這是一個秘密，但我不可能對哈利你保密。為什麼你會越老越帥呢？

哈利　我兒子有危險，我需要妳的協助。他們在做什麼，麥朵？

愛哭鬼麥朵　他要去救一個帥哥，西追．迪哥里。

（哈利立刻明白這是怎麼一回事，他嚇壞了。）

麥教授　但西追．迪哥里已經死了很多年……

愛哭鬼麥朵　他似乎很有信心能挽回這個事實。他非常有自信，哈利，跟你一樣。

哈利　他聽到我——和阿默・迪哥里的談話……他會不會……那個魔法部的時光器。不，不可能。

麥教授　魔法部有一個時光器？我以為它們全都被摧毀了？

愛哭鬼麥朵　誰不喜歡調皮搗蛋呢？

踧哥　麻煩哪一位給我解釋一下好嗎？

哈利　阿不思和天蠍不是一下子消失又一下子出現——他們是在旅行，在時空中旅行。

第二幕 第20場

三巫鬥法大賽，湖心，一九九五年

魯多．貝漫 各位女士與各位先生，各位男同學和女同學，現在向各位介紹——最偉大——最精采——唯一的——絕無僅有的「**三巫鬥法大賽**」！

（歡聲雷動。）

如果你是來自霍格華茲，請給我一個歡呼。

（阿不思和天蠍此時正在湖中，以優雅之姿輕鬆地沉入水中。）

如果你是來自德姆蘭——請給我一個歡呼。

（歡聲雷動。）

如果你是來自波巴洞，請給我一個歡呼。

（歡呼聲稍稍減弱。）

法國來的終於有點投入了。

他們下水了……維克多變成一條鯊魚，那是當然的啦。花兒看起來很漂亮，勇敢的哈利用的是魚鰓草，聰明的哈利，非常聰明——還有西追——哦，西追，多麼英俊瀟灑。各位女士與各位先生，西追用的是可以在水裡游泳的氣泡頭咒。

（西追．迪哥里游過湖水，逐漸接近他們，他的頭上罩著一個氣泡。阿不思與天蠍舉起他們的魔杖，在水中同時射出一個暴食咒。西追轉頭，困惑地注視他們，暴食咒擊中他，他四周的湖水立即變成金黃色。

然後西追開始脹大——逐漸脹大——又脹得更大一些。

他看看自己身上——驚慌失措。兩個少年看著西追手足無措地升上水面。）

喔，不，這是什麼……西追．迪哥里升上水面，似乎要退出比賽。啊，各位女士與各位先生，我們的優勝者還沒有產生，卻已經有一位失敗者了。西追．迪哥里變成一個氣球，這個氣球想飛上天，飛啊，各位女士與各位先生，飛啊，飛出比賽任務，飛出我們的三巫鬥法大賽。還有——喔，我的天，越來越瘋狂了，西追的四周**噴出**

煙火，上面寫著——「榮恩愛妙麗」——觀眾愛死了——喔，各位女士與各位先生，看西追臉上的表情，多麼精采、多麼壯觀、多麼悲慘。這是一個羞辱，除此之外沒有其他字眼可以形容。

（阿不思笑得很開心，和天蠍在水中相互擊掌。

然後阿不思指著上面，天蠍點頭，他們開始往上游。西追往上升時群眾轟然大笑，然後一切都改變了。

眼前的世界突然暗下來，實際上，幾乎是漆黑一片。

接著一陣閃光，然後砰然一聲巨響。時光器的滴答聲停止了，我們又回到了現在。

天蠍突然出現，迅速穿過湖水，他成功了。）

天蠍　哇哇哇哇——哈哈哈哈哈！

（他看看四周，一臉訝異，阿不思在哪裡？他雙手高舉向天。）

我們成功了！

（他又等了一拍。）

阿不思？

（阿不思仍然沒有出現，天蠍用兩隻腳踩水，想了想，又潛入水中。

他又出現在水面上，現在他真的驚慌失措了，他左看右看。）

阿不思……**阿不思……阿不思**。

（這時突然出現爬說語，從觀眾席的各個角落迅速傳出。他來了，他來了，他來了。）

桃樂絲・恩不里居　天蠍・馬份，從湖中出來，快點。

（她將他從水中拖出。）

天蠍　小姐，我需要幫忙，拜託妳，小姐。

桃樂絲・恩不里居　小姐？我是恩不里居教授，你們學校的校長，我不是什麼小姐。

天蠍　妳是校長？可是我……

桃樂絲・恩不里居　我是校長，不管你的家族有多麼顯赫——都不能拿來作為你在這裡吊兒郎當瞎混的藉口。

天蠍　有一個學生在湖裡，妳一定要去救他。我在尋找我的朋友，小姐，教授，校長。他是霍格華茲的學生，小姐，我在尋找阿不思・波特。

桃樂絲・恩不里居　波特？阿不思・波特？沒有這個學生。事實上，霍格華茲已有許多年沒有叫波特的學生了——而且那個孩子的下場也不好，沒能安息，那個哈利波特，抱撼而死。一個不折不扣的麻煩精。

天蠍　哈利波特死了？

（從觀眾席四周突然吹出陣陣陰風，幾件黑袍從人群中出現，黑袍再變成模糊的黑影，接著又變成催狂魔。

催狂魔在觀眾席上方飛翔，這些致命的黑影，致命的黑色力量。牠們是人們心中最深沉的恐懼，牠們要把房間內的靈魂吸光。

風繼續吹，這裡是地獄。這時忽然從房間後面傳出一個絕不可能認錯的嗓音，每個人的四周也同時出現陣陣耳語聲。那是佛地魔的嗓音……

哈——利——波——特——

哈利的夢境成為現實。）

桃樂絲．恩不里居　你是不是在裡面吃了什麼奇怪的東西？趁我們不注意的時候變成了一個麻種？哈利波特早在那次學校政變失敗時就死了，已經死了二十多年——他是鄧不利多恐怖分子中的一個，我們在霍格華茲大戰中將他們一舉殲滅。現在，快點跟我來——我不知道你在耍什麼花樣，但你激怒了催狂魔，破壞了佛地魔節。

（爬說語越來越大聲，越來越響亮，繪有蛇圖樣的巨大旗幟從舞台上方垂下來。）

（天蠍大驚失色。）

天蠍　佛地魔節？

（燈光熄滅，全場一片漆黑。）

（第一部終）

第二部

PART TWO

第二部

{ PART TWO }

第三幕

ACT THREE

第三幕 第1場

霍格華茲，校長辦公室

（現在我們真正到了一個重新改造過的世界。

它是一個黑暗世界。

地球上空厚厚一層灰——使它呈現一種不確定與恐懼的蒼白。

這反映在舞台上的演出——在音樂中——但更重要的是，反映在我們所選擇的基調中。

哈利死了，佛地魔活著並統治世界。所有的一切都變了樣。）

（天蠍走進桃樂絲·恩不里居的辦公室。他身上穿著顏色更暗、更黑的巫師袍，一副心事重重的樣子。他留意四面八方而來的危險，小心翼翼、保持警覺。）

桃樂絲．恩不里居 天蠍，謝謝你來看我。

天蠍 校長。

桃樂絲．恩不里居 天蠍，我想了很久，我認為你具備男學生主席的潛力。你的血統純正，是個天生的領導者，而且又有運動天分……

天蠍 運動？

桃樂絲．恩不里居 你用不著謙虛，天蠍。我看過你在魁地奇球場上的表現，沒有一個金探子能逃過你的手掌心。你是個普遍獲得高度評價的學生，學校教職員的評價，特別是從我這邊。我已送信給報喪鴉，將你的才華大大讚揚一番。我們可以一起合作，把那些半吊子的學生刷掉，使這所學校成為更安全——更純正——的地方。

天蠍 是嗎？

（後台傳來尖叫聲。天蠍轉頭去看，但他立即摒除心中的念頭，他必須自制。）

桃樂絲．恩不里居 不過，自從佛地魔節那天我在湖中發現你後，這三天來你的表現變得……越來越古怪——尤其是，你忽然開始對哈利波特著迷……

天蠍　我沒有……

桃樂絲．恩不里居　你到處問人家有關霍格華茲大戰的事，波特是怎麼死的，波特為什麼會死。以及你對西追．迪哥里的荒謬臆測。天蠍——我們已檢查過你有無被施以厄咒或詛咒——結果都沒有發現——因此我要問你，是否有什麼需要我幫忙的——幫助你恢復到以前……

天蠍　不，不，請將我視為已經恢復。我只是一時的行為偏差而已。

桃樂絲．恩不里居　那麼我們可以繼續合作了？

天蠍　可以。

（她一手撫胸，接著雙手互握手腕。）

桃樂絲．恩不里居　為佛地魔與魔子。

天蠍　（試著模仿她的動作）為——呃——對。

第三幕 第2場
霍格華茲，校園

（舞台開始旋轉，天蠍也跟著旋轉，他在尋找東西——任何能解答他所處的這個混亂局面的東西。

卡爾和楊恩神采奕奕地逼近他。）

卡爾．簡金斯 嘿，天蠍王。

（天蠍與他擊掌。很痛，但他忍著。）

楊恩．弗列德 我們照常嗎，明天晚上？

卡爾．簡金斯 我們準備讓那些麻種嚇破膽。

（他們離開。）

波麗．查普曼 天蠍。

（波麗・查普曼站在樓梯上，天蠍朝她飛奔。）

天蠍 波麗・查普曼？

波麗・查普曼 我們直接挑明了說，好嗎？我知道大家都在等著看你會邀請誰去，因為你一定要邀請一個人。現在已經有三個人來問過我了，而且我知道我不是唯一拒絕所有人的人。假如，你知道，如果你想邀請我的話。

天蠍 對。

波麗・查普曼 那會很好，前提是你有興趣。到處都在說——你有興趣。我只想把話說清楚——現在——我也有興趣。而且這可不是謠言，這——是——事——實，是事實。

天蠍 這樣嗎？呃——那很好，但——我們在談什麼？

波麗・查普曼 當然是純種舞會囉，我們在談——你——天蠍王，要帶誰去參加純種舞會。

天蠍 妳——波麗・查普曼——希望我帶妳去參加——一場舞會？

（有尖叫聲從他背後傳來。）

那是什麼聲音？

波麗・查普曼 當然是麻種啦，在地窖裡。這不是你的主意嗎？你是怎麼回事？

噢，我的波特。我的鞋子又沾到血跡了……

（她彎腰，小心翼翼擦掉沾在鞋面上的血跡。）

如同報喪鴉所呼籲——我們要創造未來——所以我來了——來創造未來——和你一起創造。為佛地魔與魔子。

天蠍 為佛地魔。

（波麗走開，天蠍沉痛地望著她的背影，這是個什麼樣的世界——他又在這個世界扮演什麼樣的角色？）

（他旋身離開。）

第三幕 第3場

魔法部，魔法執法部門主管辦公室

（踫哥以一種前所未有的不可一世姿態出現。他全身上下散發一股權力的氣味，而且打扮得威風凜凜。辦公室兩邊掛著飄動的報喪鴉旗幟——旗幟上用這種禽鳥繡出法西斯圖案。）

踫哥 你遲到了。

天蠍 這是你的辦公室？

踫哥 你遲到了還不道歉，也許你決心把問題搞得更複雜。

天蠍 你現在是魔法執法部門主管？

踫哥 你好大的膽子！竟敢揶揄我，讓我枯等，然後又不道歉！

天蠍 對不起。

跩哥 先生。

（天蠍抬頭看，試著弄清楚他父親怎麼了。）

天蠍 對不起，先生。

跩哥 我養你不是讓你窩窩囊囊的，天蠍，我養你不是讓你在霍格華茲丟我的臉。

天蠍 丟你的臉，先生？

跩哥 哈利波特。你到處詢問有關哈利波特的事，真是丟人現眼。你竟敢丟我們馬份家族的臉。

天蠍 喔，不，那些是你負責的？不，不，你不能。

（一個黑暗的想法在天蠍腦中閃現。）

跩哥 天蠍……

天蠍 今天的《預言家日報》說——有三名巫師炸毀幾座橋樑，目的是為了看他們能在一次爆炸中炸死多少麻瓜——那是你做的嗎？

跩哥 你說話小心點。

（天蠍走向父親，邊走邊譴責他。）

天蠍　建立麻種死亡集中營、嚴刑拷打、將那些反對他的人活活燒死，這當中你參與了多少？媽常告訴我，說你是一個比我眼中所見更好的人，但這才是你的真面目，不是嗎？一個殺人兇手，一個酷刑者。

（踋哥站起來，將天蠍拉過來用力壓制在桌上。這個粗暴舉動出人意料而且致命。）

踋哥　不要隨隨便便提起她，天蠍，這麼做不會使你加分。她值得更好的。

（天蠍不語，心中既畏懼又慌亂。踋哥看出他的恐懼，便放開天蠍的腦袋。他不想傷害他兒子。）

天蠍　還有，那些炸死麻瓜的白痴，那不是我幹的，但報喪鴉一定會要求我用黃金去賄賂麻瓜首相……你母親真的那樣說我嗎？

她說爺爺不怎麼喜歡她——他反對你們結婚——認為她太愛麻瓜——太柔弱——但你不顧他的反對堅持要娶她。她說這是她所見過最勇敢的一件事。

踋哥　她把勇敢說得太容易，你母親。

天蠍　但那是——你的另一面。

（他注視他的父親，他的父親皺著眉頭回看他。）

跩哥 我做過壞事，但你做的壞事比我更嚴重。我們變成什麼樣的人了，爸？

天蠍 我們沒有變成什麼樣的人——我們就是我們。

跩哥 馬份家族。你總是可以藉由他們，來把這個世界搞得更齷齪。

（這句話擊中跩哥的內心，他謹慎地打量天蠍。）

天蠍 學校那件事——是什麼動機引起的？

跩哥 我不喜歡現在的我。

天蠍 你怎麼會這麼想？

（天蠍急切地想找個方式陳述他的故事。）

跩哥 我看到另一個不一樣的自己。

天蠍 你知道我最愛你母親哪一點嗎？她總是幫助我從黑暗中找到光明。她使世界——即使只是我的世界——變得比較不那麼——用你剛才的形容詞——「齷齪」。

天蠍 是嗎？

（跩哥凝視他的兒子。）

跩哥 她的優點比我能想到的多更多。

（停頓。他謹慎地打量天蠍。）

無論你做什麼——安全第一。我不能連你也失去。

天蠍 是，先生。

（蹺哥再看他兒子一眼——想了解他的腦袋究竟在想些什麼。）

（他以熟稔的方式把手放到兩邊手腕上。）

蹺哥 為佛地魔與魔子。

（天蠍看他一眼，然後轉身離開辦公室。）

天蠍 為佛地魔與魔子。

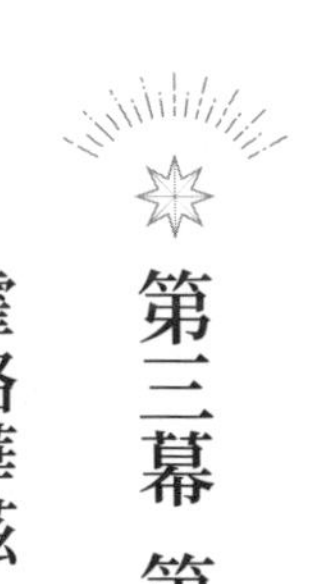

第三幕 第4場

霍格華茲，圖書館

（天蠍進入圖書館，急切地尋找書籍。他找到一本歷史書。）

天蠍 西追為什麼會成為食死人？我哪個地方做錯了？請助我在黑暗中找到光明吧。

小克雷．勃克 你怎麼在這裡？

（天蠍轉身，看見一臉無奈的克雷。）

天蠍 我為什麼不能在這裡？

小克雷．勃克 東西還沒準備好。我正在趕工，但石內卜教授給得太多，我還要寫兩份不同的報告。呃，我的意思是，我並不是在抱怨……抱歉。

天蠍 再說一遍，從頭開始。什麼東西還沒準備好？

小克雷・勃克　你的魔藥學作業啊。我很樂意寫——甚至很感激——我知道你痛恨寫作業，也痛恨讀書。你知道，我不會讓你失望的。

天蠍　我——痛恨——寫作業？

小克雷・勃克　你是天蠍王呀，當然痛恨寫作業。你拿那本《魔法史》做什麼？

我也要寫那個作業嗎？

（對話暫時停止。天蠍望著克雷，把書扔給他。克雷拿著書退場。過了一會，天蠍皺起眉頭思考某件事。）

天蠍　他剛才說石內卜？

第三幕 第5場

霍格華茲，魔藥學教室

（天蠍跑進魔藥學教室，用力把門關上。賽佛勒斯．石內卜抬頭看他。）

石內卜 難道沒有人教你進門以前要先敲門嗎，孩子？

（天蠍望著石內卜，有點喘，有點不確定，又有點興奮。）

天蠍 賽佛勒斯．石內卜，我很榮幸。

石內卜 叫我石內卜教授就行了。你在這所學校的表現或許像個王，馬份，但這不表示我們都是你的屬民。

天蠍 但你是答案……

（石內卜一如既往的刻薄。）

石內卜 那我可真是榮幸。如果你有話要說，請說……否則請你出去，順便把門帶上。

天蠍 我需要你的幫助。

石內卜 聽候差遣。

天蠍 我不知道我需要怎樣的——幫助。你現在仍然在臥底嗎？你依舊在暗中為鄧不利多做事嗎？

石內卜 鄧不利多？鄧不利多已經死了，而且我為他做的事是公開的——我在這所學校教書。

天蠍 不，你做的不只有教書。你幫他監視食死人，你提供意見給他，大家都以為他是被你殺死的——但事實上你在背後支持他，你拯救了這個世界。

（石內卜驚懼咆哮。）

石內卜 這是非常危險的指控，孩子。不要以為你姓馬份就可以使你免去受罰。

天蠍 如果我告訴你還有另一個世界——在那個世界，佛地魔在霍格華茲大戰中被擊敗，哈利波特和鄧不利多的軍隊獲勝，你會怎麼說……

石內卜 我會說霍格華茲廣受愛戴的天蠍王已經發瘋的傳言是真的。

天蠍 有一個時光器失竊了，是我和阿不思偷走的，我們想把西追．迪哥里帶回來，讓他死而復活。我們試圖阻止他在三巫鬥法大賽中獲勝，結果反而使他完全變了個人。

石內卜 哈利波特贏得那次三巫鬥法大賽。

天蠍 他不是獨自一個人完成的，西追應該和他同時獲勝。但我們使他出醜，讓他退出比賽，不料他卻因為這個羞辱而成為食死人。我想不通他在霍格華茲大戰中做了什麼——他是不是有殺了什麼人，或者——他確實做了什麼，以致一切都改變了。

石內卜 西追．迪哥里殺了一位巫師，不是什麼重要人物——他殺了奈威．隆巴頓。

天蠍 喔，當然，這就對了！隆巴頓教授理應殺死佛地魔的大蟒蛇娜吉妮才對，娜吉妮必須在佛地魔死之前被殺。這就對了！你解開了謎團！我們讓西追崩潰之後，他殺死奈威，最後佛地魔贏了那場大戰。你明白了嗎？你看出來了嗎？

石內卜 我看出這是一個馬份家的惡作劇。滾出去，否則我通知你父親，到時有你好看的。

（天蠍想了一下，不得已打出他的最後一張王牌。）

天蠍 你愛他的母親。我不記得前後詳細情形，但我知道你深愛他的母親，哈利的母親莉莉。我知道你有許多年都在臥底，我知道沒有你，那場大戰絕不可能獲勝。如果我沒見過那另一個世界，我怎麼會知道……？

（石內卜無言，不知如何回答。）

只有鄧不利多知道，對吧？當你失去他時，你一定感到非常孤單。我知道你是個好人，哈利波特告訴他的兒子，你是個了不起的人。

（石內卜望著天蠍，不明白這到底是怎麼回事。這是個惡作劇嗎？他感到困惑。）

石內卜 哈利波特死了。

天蠍 在我那個世界中，他沒死。他說你是他所認識的人當中最勇敢的人，聽著，他知道——他知道你的秘密——你為鄧不利多賣命。他仰慕你——非常仰慕，所以他以你的名字為他的兒子——我最要好的朋友——命名。他叫阿不思．賽佛勒斯．波特。

（石內卜愣住，深受感動。）

請你——為了莉莉，為了全世界，請你協助我。

（石內卜想了一下後走到天蠍面前，並抽出他的魔杖。天蠍驚駭地往後退，但石內卜用魔杖指著門施咒。）

石內卜 密密膠！

（門上立刻現出一個隱形鎖。石內卜打開教室後面的一條密道。）

那麼，跟我來……

天蠍 有個問題，我們——到底——要去哪裡？

石內卜 我們不得不時常轉移陣地。每次找到一個基地，他們就來摧毀。這條密道通往一個隱藏在渾拚柳樹根底下的密室。

天蠍 好，這個我們是誰？

石內卜 噢，你馬上就會知道了。

第三幕 第6場

作戰密室

（地下。一股充滿泥土、塵埃與絕望，但不可或缺的奮戰氛圍。）

（天蠍被正氣凜然的妙麗逼到桌邊動彈不得。她的衣著或許褪色，但雙眼炯炯有神。她全身充滿戰鬥氣息，而這樣更適合她。）

妙麗 你敢動一下，我就把你的腦袋變成青蛙，把你的雙手變成橡皮。

（石內卜跟在天蠍後頭進入房間。）

石內卜 無害，他是無害的。（停頓）妳向來聽不進別人說的話。妳以前是個很煩的學生，現在依舊是一個非常煩的——無論妳現在是什麼。

妙麗 我以前是個很優秀的學生。

石內卜 妳以前只能算差強人意而已。他是我們這邊的！

天蠍 我是你們那邊的，妙麗。

（妙麗注視著石內卜，仍然不相信。）

妙麗 大部分的人都叫我格蘭傑。我不相信你說的話，馬份。

天蠍 都是我的錯，我的錯，以及阿不思。

妙麗 阿不思？阿不思．鄧不利多？阿不思．鄧不利多和這有什麼關係？

石內卜 他不是指鄧不利多。妳或許得坐下來聽。

（榮恩跑進來，他頂著刺蝟頭，穿得很邋遢，但他的叛逆打扮比起妙麗還遜一大截。）

榮恩 石內卜，有個王室人員來訪——（他看到天蠍，立刻緊張起來）他在這裡做什麼？

（他慌忙拔出魔杖。）

我有武器，而且——非常危險，我鄭重奉勸你——

（他發現他的魔杖拿反了，立即將它拿正。）

——要非常小心——

石內卜　他是無害的，榮恩。

（榮恩看看妙麗。她點頭。）

榮恩　感謝鄧不利多。

第三幕 第7場

作戰密室

（妙麗坐著研究時光器，榮恩試著釐清這一切。）

榮恩　所以，妳是說整個歷史的關鍵是……奈威．隆巴頓？這真是瘋狂。

妙麗　這是真的，榮恩。

榮恩　好。妳這麼肯定是因為……

妙麗　他對石內卜的了解——還有我們全部——他不可能……

榮恩　說不定是他很會猜？

天蠍　我不是。你可以幫忙嗎？

榮恩　我們是唯一能幫忙的人。鄧不利多的軍隊過了巔峰期後，如今已大幅縮減。事實上——

（他停頓了一下，這對他來說很痛苦。）

——我們是僅剩的幾個，但我們持續對抗，躲在不起眼的角落，儘可能搔他們的鼻毛。格蘭傑在這裡是女通緝要犯，我是男通緝要犯。

石內卜　（語氣生硬）你沒有那麼重要。

妙麗　先釐清一下，在你介入之前……有另一個世界？

天蠍　佛地魔死了，在霍格華茲大戰中被殺死。哈利現在是魔法執法部門主管，而妳是魔法部長。

（妙麗愣了一下，十分驚訝，然後抬頭看他，面露微笑。）

妙麗　我是魔法部長？

榮恩　（也想加入）太好了，那我做什麼？

天蠍　你經營衛氏巫師法寶。

（榮恩的臉垮了下來。）

榮恩　好，這麼說，她是魔法部長，而我經營一家——惡作劇商店？

（天蠍看著榮恩受傷的表情。）

天蠍　你大部分時間都在專心照顧你的孩子。

榮恩　太好了，我想他們的母親一定熱情如火。

天蠍　（臉紅）呃……嗯……看你怎麼想……事情是這樣的，你們兩個，生了孩子——一起生的，一個女兒和一個兒子。

（兩人都抬頭看他，一臉驚愕。）

結婚，戀愛，之類的。你們在另外一個時空也對這件事感到震驚，那時候妳是黑魔法防禦術教授，而榮恩娶了芭瑪。你們**老是**對這件事感到吃驚。

（妙麗和榮恩互看一眼後移開視線，接著榮恩又回頭看她，並不停地清喉嚨，顯然不敢相信。）

妙麗 看我的時候請你閉上嘴巴，衛斯理。

（榮恩乖乖閉上嘴巴，但他仍然一片混亂。）

那——石內卜呢？石內卜在另一個世界做什麼？

石內卜 我死了，根據推測。

（他望著天蠍，天蠍拚命試圖掩蓋真相，卻又無法不露出馬腳。石內卜淡淡一笑。）

天蠍 你很勇敢。

你看到我時表現得太過吃驚，為什麼？

石內卜 被誰？

天蠍　佛地魔。

石內卜　多麼可恨。

（石內卜暗自消化這個訊息，現場一時沉默無語。）

不過，能被黑魔王親手殺死也算光榮了，我想。

妙麗　我很遺憾，賽佛勒斯。

（石內卜注視她，獨自嚥下內心的痛苦。然後他把頭朝榮恩的方向微微一偏。）

石內卜　噢，至少我沒嫁給他。

妙麗　你用了什麼咒語？

天蠍　第一項任務用「去去，武器走」，第二項任務用「暴暴吞」。

榮恩　簡單的屏障咒應該就可以把那兩個任務搞定。

石內卜　然後你就離開了？

天蠍　時光器把我們帶回來的，是的。問題出在這裡——這個時光器，你只能停留在過去五分鐘。

妙麗　而且你只能在時間裡移動，不能在空間？

天蠍　是、是的，它——嗯——你會被送回同樣的地點——

妙麗 有意思。

（石內卜和妙麗都明白這意味著什麼。）

石內卜 那就只能我和這個孩子了。

妙麗 我無意冒犯，石內卜，但我不放心把這東西交給任何人……它太重要了。

石內卜 妙麗，妳是魔法界積極追緝的反動要犯，妳要做這件事就必須出去外面，妳上一次出去是多久以前？

妙麗 沒有很久，但——

石內卜 萬一妳出去被發現了，催狂魔會吻妳——牠們會吸走妳的靈魂……

妙麗 賽佛勒斯，我受夠了只能靠人接濟、屢次政變失敗的日子，這是我們撥亂反正的大好機會。

（她對榮恩點頭示意，榮恩拉下一張地圖。）

三巫鬥法大賽第一項任務的場地是在禁忌森林邊緣。我們從這裡轉換時間到鬥法大賽——阻擋咒語，然後平安回來。要分秒不差——這件事是可行的，而且我們完全不需要在我們所在的時間線上出去外面露臉。接下來，我們再轉換時間，到湖邊去，繼續逆轉第二項任務。

石內卜 妳這樣太冒險——

妙麗　讓我們把現狀修正過來。哈利仍活著，佛地魔死了，報喪鴉自然也就沒有了。這幾件事都不會冒太大的危險，但我還是很遺憾讓你付出代價。

石內卜　有時就是需要承擔代價。

（兩人相視，石內卜點頭，妙麗也點頭。石內卜的神情有點淒涼。）

我並不是只會引述鄧不利多的名言，對吧？

妙麗　（微笑）不，我確信這一句純粹是出自賽佛勒斯．石內卜的名言。

（她轉向天蠍，手指著時光器。）

馬份。

（天蠍將時光器遞給她，她含笑注視，為她能再一次使用時光器而感到興奮，也為她能利用它做這件事而感到興奮。）

希望這次能成功。

（她接過時光器，它開始震動，隨後爆發成劇烈的活動。

這時出現一道強烈的電光石火和陣陣轟隆聲。

時間停止了，然後它開始翻轉，想了一下之後又倒轉回去，起初緩緩地……

接著砰然一聲巨響與強光，這幫人消失了。）

第三幕 第8場

禁忌森林邊緣，一九九四年

（我們再度看到第一部的布景，但這次它是舞台上的遠景，不是近景。我們又看到身穿德姆蘭校袍的阿不思與天蠍，同時再度聽到「才華洋溢」的——這仍然是他自己說的，不是我們——魯多．貝漫的聲音。

天蠍、妙麗、榮恩與石內卜焦急地在一旁觀看。）

魯多．貝漫 西追．迪哥里進場了，他似乎已經準備好了，雖然害怕，但已做好準備。他往這邊閃躲，他往那邊閃躲。他躲過攻擊，尋找掩護時女同學都為他神魂顛倒。她們一致高呼：龍先生，請不要傷害我們的迪哥里。西追左閃右躲——他的魔杖已準備就緒——

石內卜 這樣太浪費時間了，時光器一直在轉。

魯多・貝漫　這個年輕、勇敢、英俊的青年現在挽起他的衣袖要做什麼？

（正當阿不思準備召喚西追的魔杖時，妙麗搶先阻擋他的咒語。他看看他的魔杖，神情沮喪，不懂為什麼沒有起作用。

這時，時光器開始滴溜溜轉動起來，他們注視著它，驚慌失措地被它拖進去。）

一隻狗——他把一塊石頭變成狗——如假包換的狗。西追・迪哥里——你是個汪汪魔法師。

第三幕 第9場

禁忌森林邊緣

（他們穿越時間，又回到禁忌森林邊緣。榮恩一臉痛苦的樣子。石內卜看看四周，立即明白他們的嚴重處境。）

榮恩 喔，喔，喔喔喔喔喔喔喔……

妙麗 榮恩……榮恩……你怎麼了？

石內卜 喔，不，我就知道。

天蠍 我們第一次回去的時候，時光器也讓阿不思受傷了。

榮恩 現在——知道——喔——真有幫助。

石內卜 我們在地面上，我們必須趕快離開，馬上。

妙麗 榮恩，你還能走路，來……

（榮恩站起來，痛得唉唉叫。石內卜舉起他的魔杖。）

石內卜 成功了嗎？

妙麗 我們阻擋了咒語，西追保住了他的魔杖，是的，成功了。

石內卜 但我們回來的地方不對——我們在外面。妳在外面。

榮恩 我們必須再使用一次時光器——離開這裡——

石內卜 我們必須找個藏身的地方，我們嚴重暴露在外頭。

（這時忽然從觀眾席四周吹出一股冰冷的風。

幾件黑色的長袍從人群中冉冉上升，黑色的長袍又變成黑色的形影，最後變成催狂魔。）

妙麗 來不及了。

石內卜 真是災難。

妙麗 （她明白她必須怎麼做）牠們要的是我，不是你們。榮恩，我愛你，我一直都愛你，但你們三個必須趕快走。走，現在就走。

榮恩 什麼？

天蠍 什麼？

榮恩 我們可以先討論愛那件事嗎？

妙麗 這裡依舊是佛地魔的天下，我玩完了。逆轉下一個任務就能改變一切。

石內卜 可是牠們會吻妳，牠們會吸走妳的靈魂。

妙麗 你們會改變過去，這樣牠們就不會吸走我的靈魂。現在就走，快走。

（催狂魔察覺到他們，發出尖叫的形影從四面八方降下。）

石內卜 走！我們走。

（他拉著天蠍的手臂，天蠍不情願地跟著他。

妙麗注視著榮恩，榮恩沒有移動。）

妙麗 你也應該走。

榮恩 噢，我不是牠們主要的通緝對象，何況我很痛。而且，妳知道，我寧可留下來。疾疾——

（他舉起魔杖準備施咒時，妙麗攔住他的手臂。）

妙麗 我們來拖延牠們，盡量給那個孩子多一點脫身的機會。

（榮恩注視她，悲傷地點頭。）

妙麗 一個女兒和一個兒子。

（他對她露出溫和的微笑，他們的愛真實而完整。）

榮恩 我喜歡這個點子。

（他看看四周——對他的命運了然於胸。）

我怕。

妙麗 吻我。

（榮恩想了一下後點頭。隨後兩人被催狂魔用力拽開，他們先是被釘在地上動彈不得，而後被推入空中。我們看到一陣黃白色的煙霧從他們的身體裡被拖出來，他們的靈魂被吸走了，那模樣很恐怖。）

（天蠍和石內卜再度進入舞台後方，意識到他們已經失去了什麼。）

石內卜 我們進入水中。用走的，不要跑。

（石內卜看著天蠍。）

保持鎮定，天蠍，牠們雖然看不見，但牠們能察覺到你的恐懼。

天蠍 牠們剛剛吸出他們的靈魂。

（一名催狂魔忽然從他們上方撲下來，停在石內卜面前。）

石內卜 想些別的，天蠍，支配你的心靈。

（但是天蠍辦不到。）

天蠍 我好冷，我看不清楚，我內心有一層霧——包圍著我。

石內卜 你是一個領袖，我是一位教授，牠們要有充分的理由才會攻擊我們。想想那些你愛的人，想想你為什麼要這麼做。

天蠍 （精力耗盡）我可以聽到我母親的聲音，她要我——我——救她，但她知道我沒辦法——救她。

石內卜 聽我說，天蠍，想想阿不思，你為了阿不思而放棄你的王國，對吧？

（天蠍無能為力，感到一切都被催狂魔吞噬。石內卜知道他得敞開自己的心，才能拯救他。）

石內卜 一個人，只需要想一個人。我無法為莉莉拯救哈利，所以我現在要效忠她信奉的理想。這是有可能的——這一路走來，我已經開始在內心相信它了。

（天蠍斷然地從催狂魔旁邊走開。）

天蠍 世界改變了，我們也跟著改變。我在這個世界變得更好，但這個世界並沒有變得更好。我不希望如此。

（桃樂絲・恩不里居突然出現在他們身後。）

桃樂絲・恩不里居　石內卜教授！

石內卜　恩不里居教授。

桃樂絲・恩不里居　你有聽到消息嗎？我們已經抓到那個叛徒麻種妙麗・格蘭傑了。她剛剛就在這裡。

石內卜　那——好極了。

（桃樂絲目不轉睛望著石內卜，石內卜回望她。）

桃樂絲・恩不里居　她剛剛和你在一起，格蘭傑和你在一起。

石內卜　和我？妳看錯了吧。

桃樂絲・恩不里居　和你及天蠍・馬份在一起，這位我越來越關心的學生。

天蠍　噢……

石內卜　桃樂絲，我們上課快遲到了，很抱歉，我們要……

桃樂絲・恩不里居　如果你們上課快遲到了，為什麼你們不回學校？為什麼反而往湖的方向去？

（三人一時沉默無語，然後石內卜忽然做出一件很不尋常的事——他面帶微笑。）

石內卜 妳懷疑多久了？

（桃樂絲．恩不里居從地面升上空中，張開雙臂，全身充滿黑魔法。她取出她的魔杖。）

桃樂絲．恩不里居 好幾年了。我應該早一點採取行動才對。

（但石內卜揮動魔杖的速度比她快。）

石內卜 疾疾推！

（桃樂絲被一股強大的威力往後推到天上。）

她總是太以自己的利益為重，現在無法回頭了。

（天空和他們的四周變得越來越黑。）

疾疾，護法現身！

（石內卜射出他的護法，身形是一頭美麗的白色雌鹿。）

天蠍 一頭雌鹿？莉莉的護法。

石內卜 很奇怪，不是嗎？護法出自內心。

（催狂魔開始從四面八方包圍他們，石內卜明白這是什麼意思。）

天蠍 你趕快跑，我會儘可能拖延牠們。謝謝你成為我黑暗中的明燈。

（石內卜凝視著他，見他全身上下散發著一股英雄氣概。石內卜微微一笑。）

石內卜 告訴阿不思——告訴阿不思．賽佛勒斯——我很榮幸他繼承了我的名字。現在快走，快走！

（雌鹿回頭看石內卜，石內卜點點頭。雌鹿接著看天蠍一眼，然後開始跑。天蠍想了一下，也跟在雌鹿後面跑。他周遭的世界變得越來越可怕，一個令人毛骨悚然的尖叫聲從遠處傳來。他看見那座湖，便一躍而入。

石內卜已做好準備。

催狂魔降落，他被撲倒在地上，催狂魔將他推到空中並吸走他的靈魂。尖叫聲此起彼落。

雌鹿回頭，用一雙美麗的眼睛看他，然後消失無蹤。

這時忽然發出砰的一聲巨響與一陣強光，接著一切歸於沉寂，比寂靜更加寂靜。

萬籟俱寂，如此平和，如此寧謐。

然後天蠍升上水面，大口大口呼吸。他看看四周，深呼吸，驚慌失措地呼吸。他抬頭看天空，天空似乎——比過去更藍。

一段全然平靜的時刻。

接著，阿不思也跟著天蠍升上水面，悄然無聲。天蠍只能凝望阿不思，不敢相信。兩個男孩都在喘氣。）

阿不思 哇！

（天蠍的臉上浮現難以捉摸的笑容。）

天蠍 阿不思！

阿不思 好險啊！你看到那個男人魚沒？那個傢伙和——然後那個東西和——哇！

天蠍 是你！

阿不思 但是很詭異——我好像看到西追開始膨脹——後來又開始縮小——然後

天蠍 我看到你，你手上拿著魔杖……

你不知道我有多麼高興再見到你。

阿不思 你兩分鐘前才見到我。

（天蠍在水中擁抱阿不思，但動作有點困難。）

天蠍 那之後發生了許多事。

阿不思 當心，你快把我淹死了。你穿那什麼衣服呀？

天蠍 我穿的是什麼衣服？（他拉開他的斗篷）那你又穿了什麼？太好了！你是史萊哲林學院的。

阿不思 成功了嗎？我們成功了嗎？

天蠍 沒有，但是棒透了。

（阿不思注視他——不相信。）

阿不思 怎麼？我們失敗了。

天蠍 是的。**是的，而且太棒了**。

（他在湖中拚命拍水掙扎，阿不思把他拖到岸邊。）

阿不思 天蠍，你是不是又吃了太多糖？

天蠍 你又來了——你的冷幽默和阿不思風格。我愛它們！

阿不思 現在我開始擔心了……

（哈利進場，立刻跳進湖岸邊。跩哥、金妮與麥教授也迅速跟著跳下去。）

哈利 阿不思，阿不思，你還好嗎？

天蠍　（非常興奮）哈利！是哈利波特！還有金妮，以及麥教授。還有爸，我爸。嗨，爸。

踐哥　哈囉，天蠍。

阿不思　你們都來了。

金妮　麥朵把一切都告訴我們了。

阿不思　出了什麼事？

麥教授　你才是那個剛剛穿越時空回來的人，何不由你來告訴我們？

（天蠍馬上察覺他們知道了什麼。）

天蠍　噢，不，噢，兄弟，它在哪裡？

阿不思　妳說我們剛從哪裡回來？

天蠍　我把它弄丟了！我弄丟了時光器。

阿不思　（望著天蠍，很不高興）你說你弄丟了什麼？

哈利　別再裝了，阿不思。

麥教授　我想你們有必要好好解釋一下。

第三幕 第10場

霍格華茲，校長辦公室

（踐哥、金妮與哈利站在一臉懊喪的天蠍與阿不思後面，麥教授正大發雷霆。）

麥教授 那麼很顯然——你們違規跳下霍格華茲特快車，你們侵入魔法部偷竊，你們擅自用偷來的東西改變時間，害兩個人平空消失——

阿不思 我知道這聽起來不大好。

麥教授 然後你們對於雨果和玫瑰·格蘭傑-衛斯理平空消失這件事的因應方式是又重回過去——這一次——不是害兩個人消失，而是害一大堆人消失，甚至害死你的父親。你們這樣做不但使有史以來最邪惡的魔法界復活，而且還開啟了一個黑魔法的新紀元。（語氣生硬）你說對了，波特先生，這聽起來是不大好，不是嗎？你們知道你們有多愚蠢嗎？

天蠍 是，教授。

（阿不思遲疑了一下，看看哈利。）

阿不思 是。

哈利 教授，容我——

麥教授 （眼神銳利）你不要插嘴。你們要選擇當什麼樣的父母是你們的事，但這是我的學校，而這兩個人是我的學生。他們即將面對的懲罰由我來選擇。

踱哥 很合理。

（哈利看著金妮，金妮搖頭。）

麥教授 我應該開除你們才對（她看了一眼哈利），但考慮到所有的情況——我想由我來看管你們或許會比較安全。你們將被罰勞動服務——呃，你們可以這樣想，這一整年都必須勞動服務。我會取消你們的聖誕假期，並且從今以後不用想再去活米村，這還不止……

（妙麗忽然闖進來，充滿行動力與決心。）

妙麗 我錯過了什麼嗎？

麥教授 （嚴厲的語氣）進門之前先敲門是一種禮貌，妙麗．格蘭傑，也許妳忘了。

妙麗　（明白自己有所僭越）啊。

麥教授　如果我可以罰妳勞動服務的話，我也會這麼做，部長。妳私藏一個時光器，這實在太愚蠢了！

妙麗　我是為了防止——

麥教授　而且藏在**書櫃**裡，妳竟然把它藏在書櫃裡！太可笑了。

妙麗　米奈娃，（有人倒吸一口氣，妙麗於是明白自己錯在哪）麥教授——

麥教授　妳的兩個孩子都不存在！

（妙麗對此無言以對。）

這種事竟然發生在我的學校，在我的校長任內。尤其是在鄧不利多做了那麼多之後，我無法原諒自己……

妙麗　我知道。

（麥教授強忍著激動的情緒。）

（她堅定地轉向男孩們。）

麥教授　你們想拯救西追的初衷雖然可佩，但方法錯誤，而且你們的行為乍聽之下雖然勇敢，天皺，還有你，阿不思，但有個連你們的父親有時都沒留意到的教訓是，不是勇敢就能寬恕愚蠢。永遠都要三思而後行，要想到後續的可能性。一個由佛地魔統治的世界是——

天皺 一個恐怖的世界。

麥教授 你們這麼年輕。（她望著哈利、跩哥、金妮和妙麗）你們都這麼年輕，你們不知道魔法界的戰爭有多麼黑暗。這個世界是犧牲了許多生命——其中有一些是你我最親密的朋友——好不容易才建立與維繫起來的，但你們都——太莽撞了。

阿不思 是，教授。

天皺 是，教授。

麥教授 去吧，你們都出去，然後去把那個時光器給我找回來。

第三幕　第11場

霍格華茲，史萊哲林學生寢室

（阿不思坐在他的床上，哈利進去，望著他的兒子，內心非常憤怒，但小心翼翼地不顯現出來。）

哈利　謝謝你讓我進來。

（阿不思轉頭去看。他對他的父親點頭，也一樣小心翼翼。）

沒有好消息，還沒找到時光器。他們正在和人魚族商量要疏浚湖床。

（他坐下，但坐得不太舒服。）

這房間不錯。

阿不思　綠色是一種使人放鬆的顏色，不是嗎？我是說，葛來分多的寢室都很好，唯一的問題是紅色——聽說容易使人抓狂——我不是有意批評……

哈利　你能解釋你為什麼要這麼做嗎？

阿不思　我以為我可以——改變事情——我認為西追——這不公平。

哈利　它當然不公平，阿不思，你以為我不知道嗎？我當時在場，我親眼看到他被殺。但去做這件事……去冒這個險……

阿不思　我知道。

哈利　（再也無法掩飾他的憤怒）如果你是想學我而去做這件事，那你就錯了。我不是自願冒險的，我是被迫捲進去的，你做了一件非常莽撞的事——非常愚蠢而且危險——極可能毀滅一切的行為。

阿不思　我知道，好嗎？我知道。

（阿不思停頓一下，擦掉一滴眼淚。哈利發現了，深吸一口氣，趕緊將自己從爆發邊緣拉回來。）

哈利　我也有錯——我以為天蠍是佛地魔的兒子。他不是那團黑霧。

阿不思　他不是。

哈利　還有，我把地圖鎖起來了，你以後不會再看到它。你跑掉之後，你媽一直保留你的房間絲毫未動——你知道為什麼嗎？她不讓我進去——不讓任何人進去——你真的把她……和我……嚇壞了。

阿不思　真的嚇到你了嗎？

哈利　是的。

阿不思　我還以為哈利波特什麼都不怕？

哈利　這是我給你的感覺嗎？

（阿不思注視他的父親，試著去了解他。）

阿不思　我不相信天蠍說的話，但是當我們想修正第一項任務卻失敗回來後，我忽然進了葛來分多學院，然而我們之間並沒有變得更好——由此可見我進史萊哲林這件事——並不是我們之間問題的癥結。不光是那個。

哈利　不是。我知道，不光是那個。

（哈利注視著阿不思。）

你還好嗎，阿不思？

阿不思　不好。

哈利　我也不好。

第三幕 第12場

夢境，高錐客洞，墓園

（小哈利注視著一塊有許多人獻花的墓碑，他的手上也拿著一小把花。）

佩妮阿姨 去啊，把你手上那一小把醜不拉嘰的花放下去，我們就走了。我已經開始討厭這個寒酸的小村莊了，我甚至不知道我為什麼會討厭——高錐客洞，我看給它取名叫鬼追洞什麼的還更貼切些，這個地方簡直是個貧民窟——去啊，去、去。

（小哈利走近墳墓，又在墓碑前站了一會。）

聽著，哈利……我沒那麼多時間跟你耗在這裡。達達今晚有小童軍的活動，你知道他痛恨遲到。

小哈利 佩妮阿姨，我們是他們最後剩下的親人，對嗎？

佩妮阿姨 對，你和我，對。

小哈利 那——他們不受歡迎嗎？妳說他們一個朋友也沒有？

佩妮阿姨 莉莉很想——老天保佑她——她有嘗試——這不是她的錯，但她的人緣不好——天生如此。因為她的強勢，她的——態度，她的——方式。至於你父親——他是個討人厭的人——非常討人厭。沒有朋友，他們一個朋友也沒有。

小哈利 那我想問的是——為什麼會有這麼多花？他們的墓上為什麼會有這麼多鮮花？

（佩妮阿姨看看四周，彷彿此刻才看到這些花，她大受感動。她走過去，在她妹妹的墓旁坐下，竭力壓抑內心激動的情緒，最後卻還是屈服了。）

佩妮阿姨 喔，對。那，我想大概還是有——少數幾個吧。一定是風把它們從別的墓上吹來的，或者有人惡作劇。對，我想這個可能性最大，某個年輕無賴窮極無聊，到處收集別人墳上的鮮花，然後把它們放在這裡——

小哈利 可是上面都有寫他們的名字……莉莉與詹姆，你們的所作所為，我們永遠不會忘……莉莉與詹姆，你們的犧牲——

佛地魔　我聞到愧疚，空氣中有一股愧疚的惡臭。

佩妮阿姨　（對小哈利）走吧，快離開這裡。

（她拖著他往後走。佛地魔在波特夫婦的墓碑上方高舉雙手，身體也隨之往上升。我們看不見他的臉，但他的身體呈現一種嶙峋突兀的恐怖形狀。）

我就知道，這個地方太危險。我們越早離開高錐客洞越好。

（小哈利被拖出舞台，但他轉頭望著佛地魔。）

佛地魔　你還在透過我的眼睛觀看一切嗎，哈利波特？

（小哈利惴惴不安地退場。阿不思忽然從佛地魔的斗篷內鑽出來，對他的父親伸出一隻渴望的手。）

阿不思　爸……爸……

（有人說著爬說語。

他來了，他來了，他來了。

接著一聲淒厲的喊叫。

這時忽然從房間後面傳出一個絕不可能認錯的嗓音，每個人的四周也同時出現陣陣耳語聲。那是佛地魔的嗓音……

哈——利——波——特——）

第三幕 第13場

哈利與金妮．波特的家，廚房

（哈利心神不寧，他對自己夢境的臆測使他驚慌失措。）

金妮 哈利？哈利？怎麼啦？你在尖叫……

哈利 它們又來了，那些夢。

金妮 它們不太可能馬上停止，長期的壓力和——

哈利 可是我沒有和佩妮阿姨一起去過高錐客洞，那不是——

金妮 哈利，你真的嚇到我了。

哈利 他還在這裡，金妮。

金妮 誰還在這裡？

哈利 佛地魔。我看到佛地魔和阿不思。

金妮 和阿不思……？

哈利 他說——佛地魔說——「我聞到愧疚，空氣中有一股愧疚的惡臭。」——

他是在對我說。

（哈利望著她，伸手去摸他額頭上的疤，神情陰鬱。）

金妮 哈利，阿不思是不是仍在危險之中？

（哈利的臉色發白。）

哈利 我想我們都有危險。

第三幕　第14場

霍格華茲，史萊哲林學生寢室

（兩個男孩應該睡著了，但天蠍無法入眠。他從床上爬起來，靠在阿不思的床頭，心懷鬼胎地俯看他。）

天蠍　阿不思……噓……阿不思。

（但阿不思還是沒醒，天蠍惱火了。）

阿不思！

（阿不思驚醒。天蠍哈哈大笑。）

阿不思　真好玩，這種醒來的方式真好玩，而且一點也不可怕。

天蠍　你知道嗎？這真是最奇怪的一件事，自從我去過我所能想像得最可怕的地方後，我就什麼都不怕了。我現在是——無懼的天蠍。我現在是——無慮的馬份。

阿不思 很好。

天蠍 我的意思是，通常如果我被禁足、被罰勞動服務，肯定會崩潰。但現在還能有什麼更壞的情況？把發霉魔魔找回來虐待我嗎？不可能了。

阿不思 你心情好的時候很恐怖，你知道嗎？

天蠍 今天上魔藥學，玫瑰走過來叫我「麵包頭」時，我差一點擁抱她。不，不是差一點，我事實上試圖擁抱她了，結果被她踢了一腳。

阿不思 我不知道無所畏懼對你的健康到底有沒有幫助。

天蠍 你不知道回學校的感覺有多好，阿不思。我痛恨另個世界的這裡。

（天蠍望著阿不思，他的表情逐漸轉為若有所思。）

阿不思 除了波麗．查普曼喜歡你這點之外。

天蠍 西追完全變了一個人——陰沉而危險。我爸——完全聽命於他們。而我呢？我看到了另一個天蠍，你知道嗎？有權有勢、憤怒、刻薄——人人都畏懼我。感覺好像我們都接受過考驗，但都——失敗了。

阿不思 但你改變了一些事。你得到機會，而且你把時間改回來了，也把你自己改回來了。

天蠍 那是因為我明白我應該要是誰。

（阿不思細細咀嚼這句話。）

阿不思 你覺得我也有被考驗過了嗎？我有吧，沒有嗎？

天蠍 沒有，還沒有。

阿不思 你錯了。愚蠢的不是回到過去——這是任何人都會犯的錯誤——愚蠢的是傲慢到回去兩次。

天蠍 我們都回去過，阿不思。

阿不思 我為什麼這麼有決心要這麼做呢？為了西追嗎？真的嗎？不，我是為了要證明某件事。我爸是對的——他並不是自願去冒險——而我呢，我卻是自願的，這都是我的錯——而要不是有你，一切都可能歸於黑暗。

天蠍 但並沒有，而我們都要心懷感謝。當催狂魔——入侵我的心靈時，賽佛勒斯・石內卜要我想你。你也許不在現場，阿不思，但你也在那裡作戰——和我一起並肩作戰。

（阿不思點頭，內心深受感動。）

還有拯救西追這件事——它不是一個太糟糕的點子——至少我不這麼

認為——但，你是對的——我們一定不能再嘗試了。

阿不思 是的，我知道，這點我知道。

天蠍 很好，那你可以幫我把這個毀掉了。

（天蠍從枕頭底下拿出時光器給驚訝的阿不思看。）

阿不思 我很確定你告訴大家它沉進湖底了。

天蠍 看來無慮的馬份也很會撒謊。

阿不思 天蠍，我們應該告訴他們……

天蠍 告訴誰？魔法部曾經把它留下來，你真的相信他們不會再留下它嗎？只有你和我體驗過這個東西有多麼危險，這表示你和我必須將它摧毀。不能讓任何人去做我們做過的那些事，阿不思，誰都不行，不可以。（堂而皇之地）現在該讓時光器成為過去了。

阿不思 （對他的朋友微笑）你好像對這句話感到很得意，對吧？

天蠍 （咯咯笑）我想了一整天才想出來的。

第三幕 第15場

霍格華茲，史萊哲林寢室

（哈利與金妮快速走過寢室，小克雷・勃克跟在他們後面。）

小克雷・勃克 我可以再重複一遍嗎？你們這樣違反規定，而且現在已經是深夜了。

哈利 我必須見我的兒子。

小克雷・勃克 我知道你是誰，波特先生。但即便是你也應該知道這樣違反家長或教授沒有得到特別許可不得進入學院寢室的規定……

（麥教授在他們背後出聲指責。）

麥教授 拜託你別煩了，克雷。

哈利 妳收到我們的訊息了嗎？很好。

小克雷・勃克　（吃驚）校長，我——我只是——

（哈利拉開床簾。）

麥教授　他不在？

哈利　對。

麥教授　那小馬份呢？

（金妮拉開另一張床的床簾。）

金妮　噢，不好了。

麥教授　那我們就徹底找一找整個學校。克雷，我們有事要忙……

（金妮與哈利仍注視著那張床。）

金妮　我們以前沒來過這嗎？

哈利　這次的感覺甚至更糟。

（金妮望著她的丈夫，眼中充滿恐懼。）

金妮　你稍早有跟他談過話嗎？

哈利　有。

金妮　你來他的寢室找他談？

哈利 妳知道我這麼做了。

金妮 你對我們的兒子說了些什麼，哈利？

（哈利聽得出她的語氣裡有責怪的意思。）

哈利 我只是像妳說的那樣，盡量對他坦誠——沒說什麼。

金妮 你有控制住自己嗎？場面有多激烈？

哈利 ……我並不認為我……妳認為我又把他嚇跑了嗎？

金妮 我可以原諒你犯一次錯，哈利，或許甚至兩次。但你犯越多次錯誤，就越不可原諒。

第三幕 第16場

霍格華茲，貓頭鷹屋

（天蠍與阿不思出現在一處被銀色月光照亮的屋頂上，聽得到四周有微弱的貓頭鷹叫聲。）

天蠍 我想用個簡單的爆爆炸就行了。

阿不思 當然不行，這種東西一定要用轟轟破。

天蠍 轟轟破？轟轟破之後，我們就得在這個貓頭鷹屋待上幾天清理時光器的碎片不可。

阿不思 那轟轟炸呢？

天蠍 你想把霍格華茲的每一個人都吵醒？要不然用咄咄失好了，他們最早都是用咄咄失來銷毀東西……

阿不思 沒錯，以前都用這個——這回我們換點新鮮有趣的吧。

天蠍 有趣？聽著，許多巫師都忽略了選擇正確咒語的重要性，但這是非常重要的一件事。我覺得這是現代巫術過於忽視的地方。

蝶非 「這是現代巫術過於忽視的地方」——你們兩個實在很了不起，你們知道嗎？

（天蠍抬頭，非常驚訝看到蝶非出現在他們背後。）

天蠍 哇，妳……呃……妳在這裡做什麼？

阿不思 我想應該讓貓頭鷹送一封信給她——讓她知道我們要做什麼，你懂吧？

（天蠍譴責地看著他的朋友。）

這件事和她也有關。

（天蠍想了一下，然後點頭表示同意。）

蝶非 什麼事和我有關？怎麼一回事？

（阿不思掏出時光器。）

阿不思 我們必須摧毀這個時光器，天蠍在第二項任務之後看到的那些情況……我很抱歉，我們不能再冒險回去了，我們無法拯救妳的堂哥。

（蝶非看看時光器，再看看他們兩人。）

蝶非 你的貓頭鷹信中沒有提到……

阿不思 妳先想像一下那個最悲慘的世界後再來質疑。那裡的人慘遭酷刑——到處都是催狂魔——還有一個專制暴虐的佛地魔——我爸死了，我沒有出生，一個黑魔法橫行的世界。我們——我們不能容許那種情況發生。

（蝶非遲疑了一下，忽然臉上一亮。）

蝶非 佛地魔統治？他仍活著？

天蠍 他統治一切，很可怕。

蝶非 就因為我們所做的事？

天蠍 羞辱使西追變成一個憤怒的青年，後來他成為食死人。還有——還有——總之全都錯了，大錯特錯。

（蝶非仔細打量天蠍的表情後，臉上一沉。）

蝶非 食死人？

天蠍 他還成為殺人兇手。他殺了隆巴頓教授。

蝶非 那麼——當然——我們必須摧毀它。

阿不思 妳能體諒？

蝶非 我會更進一步——我會說西追能夠體諒。我們一起摧毀它，然後我們去找我叔叔，向他解釋這個情況。

阿不思 謝謝妳。

（蝶非對他們露出一個傷心的微笑，並接過時光器。她注視著時光器，臉上的表情微微改變。）

蝶非 喔，好漂亮的標記。

什麼？

（蝶非的長袍鬆開，露出頸背上的報喪鴉刺青。）

阿不思 在妳脖子後面。我以前都沒注意到，那對翅膀，那就是麻瓜所說的刺青嗎？

蝶非 喔，是的。嗯，這是報喪鴉的標記。

天蠍 報喪鴉？

蝶非 你沒有在《奇獸飼育學》上看過牠們嗎？牠們是一種長相邪惡的黑鳥，快下雨時會叫。巫師們都相信報喪鴉的叫聲預示死亡即將來臨。我還小的時候，我的監護人養了一隻在籠子裡。

天蠍 妳的……監護人？

（蝶非望著天蠍。時光器已經在她手上，她要享受一下這個遊戲。）

蝶非 她常說報喪鴉在叫，是因為牠看出我即將有不好的下場。她不太喜歡我，尤菲米亞・羅爾……她是為了黃金才收留我。

阿不思 那妳為什麼要把她養的鳥刺在妳身上？

蝶非 它會提醒我，我要創造自己的未來。

阿不思 好酷，我也來弄一個報喪鴉的刺青。

天蠍 羅爾家族是非常激進的食死人。

（天蠍的腦袋浮現上千個念頭。）

阿不思 來吧，我們來把它摧毀……用爆爆炸？咄咄失？還是轟轟炸？妳會用哪一種？

天蠍 給我，把那個時光器還給我。

蝶非 什麼？

阿不思 天蠍？你在幹嘛？

天蠍 我不相信妳小時候生過一場病，妳為什麼沒有進霍格華茲？妳現在又為什麼會在這裡？

蝶非 我想救回我的堂哥！

天蠍 他們稱妳為報喪鴉，在——另一個世界——他們稱妳為報喪鴉。

（蝶非的臉上徐徐現出一抹微笑。）

蝶非 報喪鴉？我喜歡。

阿不思 蝶非？

（她的動作很快。她舉起魔杖，對天蠍發動攻擊。她太強了——天蠍想反擊，但她很快便制伏了他。）

蝶非 縛枷鎖！

（天蠍的雙手被邪惡發亮的繩索綑綁。）

天蠍 阿不思，快跑。

（阿不思回頭看，滿臉困惑，然後他開始跑。）

蝶非 縛枷鎖！

（阿不思跌倒在地上，雙手也一樣被粗暴地綑綁。）

這是我用在你們身上的第一個咒語。我本來以為要用得更多，但你們比阿默更容易控制——小孩子，尤其是你們這種小男生，天生就容易受擺布，不是嗎？現在，讓我們把這個麻煩一次就徹底解決掉……

阿不思　可是，為什麼？為什麼？妳到底是誰？

蝶非　阿不思，我是新的過去。

（她奪走阿不思的魔杖，將它折斷。）

我是新的未來。

（她又奪走天蠍的魔杖，將它折斷。）

我是這個世界在尋找的答案。

第三幕 第17場

魔法部，妙麗的辦公室

（榮恩坐在妙麗的辦公桌上，妙麗正在看檔案。）

榮恩 我真的想不通。妳知道，就是在某些現實中我們甚至沒有結婚這件事。

妙麗 榮恩，怎樣都好——十分鐘後，那些妖精就會來研商古靈閣的保安問題——

榮恩 我是說，我們在一起那麼久了——也結婚那麼久了——我是說，已經都**那麼**久了——

妙麗 榮恩，如果你講這句話的意思是想離婚，那麼，坦白講，我會用這枝羽毛筆把你串起來。

榮恩 閉嘴，妳先閉嘴好嗎？我讀過二次婚禮的報導，我也想再辦一次。二次

妙麗 婚禮，妳看怎樣？

榮恩 （態度軟化）你要和我再結一次婚？

妙麗 這個嘛，第一次結婚時我們都很年輕，而且我又喝得醉醺醺的——呃，老實說，我當時沒什麼印象，而且……事實上——我超愛妳，妙麗·格蘭傑——不管我已經說過多少遍——我還是希望有這個機會當著許多人的面說出來，再說一遍，而且是在清醒的狀態下。

（她注視他，微笑，然後她把他拉過來，親吻他。）

榮恩 你真貼心。

妙麗 妳的嘴巴有太妃糖的味道。

（妙麗哈哈笑，當他們又再度親吻時，哈利、金妮與跩哥正好走進來，兩人急忙分開。）

哈利 哈利、金妮，還有——我，呃——跩哥——很高興見到你們——

金妮 夢境。它們又開始了，呃，應該說它們沒有停止過。

跩哥 阿不思又失蹤了。

天蠍也失蹤了。我們已經請麥教授搜遍整座校園，他們不見了。

妙麗 我立刻召集正氣師，我──

榮恩 不，不用啦，沒事的。我昨天晚上有看到他，阿不思，一切都很好。

踘哥 在什麼地方？

（大夥兒都注視著榮恩，他有點慌，但繼續說下去。）

榮恩 昨晚我和奈威一起在活米村喝了幾杯火燒威士忌──像你們常做的那樣──匡正時事──像我們常做的那樣──然後我們回來──很晚了，相當晚，我正在考慮要用哪一種呼嚕粉，因為有時喝太多，你會不想用太狹窄的──或者會翻來翻去的，或者──

金妮 榮恩，你能不能快點說出重點，免得我們掐死你？

榮恩 他沒有失蹤──他正在享受安靜時光──他交了一個年紀比他大一點的女朋友──

哈利 年紀比他大的女朋友？

榮恩 而且長得很好看──一頭漂亮的銀髮。我看到他們在屋頂上，貓頭鷹屋附近，**天蠍**在旁邊當電燈泡。我心想，很高興看到我的愛情魔藥靈驗了。

（哈利冒出了一個想法，接著出現更多想法，卻沒一個是好的。）

哈利　她的頭髮——是銀色帶藍嗎？

榮恩　正是——銀藍色——對。

哈利　他說的是蝶非·迪哥里，阿默·迪哥里的——姪女。

金妮　又是跟西追有關？

（妙麗對著門外大聲喊。）

妙麗　依莎，取消妖精的會議。

第三幕 第18場

聖奧斯華男女巫師老人之家，阿默的房間

（哈利進入房間，手上舉著魔杖。蹺哥和他一起。）

哈利 他們在哪裡？

阿默 哈利波特，請問先生有何貴幹？還有蹺哥·馬份，真是蓬蓽生輝啊。

哈利 我知道你在利用我的兒子。

阿默 我利用你的兒子？不，是你，先生——你才利用了我英俊的兒子。

蹺哥 告訴我們——現在——阿不思和天蠍在什麼地方，否則你將面臨嚴重的後果。

阿默 我怎麼知道他們在什麼地方？

蹺哥 不要在我們面前裝迷糊，老頭子，我們知道你曾經派貓頭鷹給他們。

阿默 我沒有。

哈利 阿默，你還沒有老到可以被豁免關進阿茲卡班。他們最後一次被看到時是和你的姪女一起在霍格華茲塔上，然後他們就失蹤了。

阿默 我不懂你在說什麼……（他停下來，停一拍，面有困惑）我的姪女？

哈利 不到緊要關頭，你不會承認是吧——是的，你的姪女，你否認她是在你的指使之下……

阿默 對，我否認——我沒有姪女。

（這句話使哈利住口。）

跩哥 有，你有，一個護理師，在這裡工作的護理師。你的姪女……蝶非・迪哥里。

阿默 我知道我沒有姪女，因為我沒有任何兄弟姊妹，我的妻子也沒有兄弟姊妹。

（哈利和跩哥看著彼此，對此心照不宣。）

跩哥 那我們得查出她是誰——**立刻**。

第三幕 第19場

霍格華茲，魁地奇球場

（幕起時我們看到蝶非，分分秒秒都在享受她轉換身分的快感。過去的不自在與不安，現在都被一股力量取代。）

阿不思 我們到魁地奇球場做什麼？

（天蠍迅速盤算。）

天蠍 三巫鬥法大賽，第三項任務，迷宮。這裡就是迷宮，我們要回去找西追。

蝶非 沒錯，現在是讓那個多出來的人免去一死的時候了。我們要回去找西追，所以，天蠍，我們要重現你見過的那個世界……

天蠍 地獄，妳要重現地獄？

蝶非 我要回到血統純正、威力強大的魔法時代。我要復興黑暗。

天蠍 妳要佛地魔回來？

蝶非　他是魔法界真正的統治者，他將回來。

（停頓。）

你們已經證明前兩項任務都因為魔法而受阻——兩項任務都至少有過兩次來自未來的造訪，而我不會冒著洩露身分或被分散注意力的風險過去。這第三項任務是乾淨的，所以我們就從這裡開始，好嗎？

阿不思　我們不會阻止他——無論妳如何強迫我們——我們知道他必須和我爸一起贏得比賽。

蝶非　我不但要你阻止他，我還要你羞辱他。他必須裸身騎著紫色羽毛撢子製成的飛天掃帚飛出迷宮。你們上次為了羞辱他而去，這次我們也要為了羞辱他而去。這樣才能實現預言。

天蠍　我都不知道還有個預言——什麼預言？

蝶非　你見過那個世界該有的樣貌，天蠍，今天我們要確保它重現。

阿不思　我們不答應，我們不會服從妳。無論妳是誰，無論妳叫我們做什麼。

蝶非　你們當然會服從我。

阿不思　那妳得使用噩噩令，妳得控制我。

蝶非　不，要實現預言，這件事必須由你們親自去做，不能由被操控的你們去完成……你們必須去羞辱西追，所以不能用噩噩令——我必須用其他手段強迫你們。

（她取出她的魔杖，指著阿不思。阿不思挺起他的下巴。）

阿不思 妳儘管使出最惡劣的招數。

（蝶非注視他，然後將她的魔杖轉向天蠍。）

蝶非 我會。

阿不思 不！

蝶非 果然，一如我的猜測——這樣做似乎更能使你害怕。

天蠍 阿不思，無論她對我怎樣——我們都不能讓她——

蝶非 咒咒虐！

（天蠍痛得慘叫。）

阿不思 我答應……

蝶非 （哈哈大笑）怎麼？你到底以為你能做什麼？讓魔法界大失所望？使你的家族名聲受辱？成為一個多出來的人？你想制止我傷害你唯一的朋友？那就乖乖聽我的話。

（她注視阿不思，阿不思依舊用抗拒的眼神看她。）

不要？咒咒虐！

阿不思 住手！拜託。

（克雷充滿活力地跑進來。）

小克雷．勃克 天蠍？阿不思？大家都在找你們——

阿不思 克雷！快走，快去找救兵！

小克雷．勃克 出了什麼事？

蝶非 啊哇咀喀咀啦！

（蝶非射出一道綠光越過舞台，克雷應聲往後倒——當場斃命。現場一片死寂，很長一段時間的死寂。）

你們還不明白嗎？我們這裡上演的可不是兒戲。你們對我來說有利用價值，但你們的朋友沒有。

（阿不思與天蠍望著克雷的屍體，心裡飽受折磨。）

我花了很長時間才找出你的弱點，阿不思．波特。我本來以為那是驕傲，我以為你想讓你的父親留下深刻的印象，但我後來發現你的弱點和你父親一樣——那就是友情。你願意聽命行事，否則天蠍會沒命，就像那個**多出來的人**一樣。

（她注視著他們兩人。）

佛地魔將會東山再起，而報喪鴉將與他同在，如同預言所說：「當多出來的人免去一死，當時間轉換，當無形的孩子殺死他們的父親時：黑魔王將會回來。」

（她面帶微笑，將天蠍惡狠狠地拉過來。）

西追是那個多出來的人，而阿不思——

（她又將阿不思惡狠狠地拉過來。）

就是那個因改寫時間而殺死他父親，並使黑魔王又回來的無形的孩子。

（時光器開始轉動，她將他們的手拉過來放在它上面。）

現在！

（這時出現一道強烈的電光石火和陣陣轟隆聲。

時間停止了，然後它開始翻轉，想了一下之後又倒轉回去，起初緩緩地……

接著它開始加速。

最後是震耳欲聾的噪音，以及轟然一聲巨響。）

第三幕 第20場

三巫鬥法大賽，迷宮，一九九五年

（迷宮是一大片不斷移動的螺旋形樹籬，蝶非毅然穿行其中，後面拖著阿不思與天蠍。他們的雙手被綑綁，兩腳不情願地移動。）

魯多・貝漫 各位女士與各位先生，各位男同學和女同學，現在向各位介紹——最偉大——最精采——唯一的——絕無僅有的「**三巫鬥法大賽**」！

（歡聲雷動，蝶非向左轉。）

如果你是來自霍格華茲，請給我一個歡呼。

（歡聲雷動。）

如果你是來自德姆蘭，請給我一個歡呼。

（歡聲雷動。）

如果你是來自波巴洞，請給我一個歡呼。

（歡呼聲響徹雲霄。）

（樹籬向他們逼近，蝶非和兩名男孩被迫不斷移動。）

這些法國人終於向我們展現了他們的實力。各位女士與各位先生，現在為各位介紹——三巫鬥法大賽的最後一項任務，也就是神秘的迷宮。一種難以控制的黑暗病害，因為這個迷宮——它是活的，它是活的。

（維克多．喀浪經過舞台，進入迷宮。）

為什麼要冒險進入這個活生生的夢魘呢？因為獎盃就在這座迷宮裡面——而且不是一般隨隨便便的獎盃——是的，三巫鬥法大賽的獎盃就矗立在這片樹籬裡面。

蝶非 他在哪裡？西追在哪裡？

（一排樹籬差點把阿不思和天蠍分屍。）

天蠍 這些樹籬也想殺了我們嗎？這下越來越好玩了。

蝶非 你們腳步跟快一點，否則自行承擔後果。

魯多．貝漫　危險不斷，但獎賞昭然可見。誰能一路奮鬥到底？誰會在最後的障礙失利？我們會產生什麼樣的英雄？——只有時間能告訴我們，各位女士與各位先生，只有時間能告訴我們。

（他們穿行於迷宮中，天蠍與阿不思被迫跟著蝶非走。當她走在前頭時，兩個男孩終於有機會交談。）

天蠍　阿不思，我們必須想辦法。

阿不思　我知道，但有什麼辦法？她已經折斷了我們的魔杖，我們被綑綁，她又威脅要殺你。

天蠍　如果可以制止佛地魔回來，我準備犧牲。

阿不思　是嗎？

天蠍　你不會為我哀傷太久，因為她殺了我之後，很快也會殺了你。

阿不思　（絕望）時光器的缺點，五分鐘規則。我們盡量拖延時間。

天蠍　這行不通的。

（另一排樹籬又改變方向，蝶非將阿不思和天蠍拉到她背後。他們繼續在這座絕望的迷宮中穿梭。）

魯多・貝漫 現在讓我先在這裡向大家報告目前的排名順序！有兩位排名領先的是——西追・迪哥里先生與哈利波特先生。排名第二的是——維克多・喀浪先生！——排名第三的是——哎呀呀，花兒・戴樂古小姐。

（阿不思與天蠍突然從迷宮後面現身，他們在奔跑。）

阿不思 她去哪裡了？

天蠍 有關係嗎？你想哪一條路才對？

（蝶非出現在他們背後，她在天上飛，而且沒有騎掃帚。）

蝶非 你們這兩個可憐蟲。

（她將他們推倒在地。）

以為能逃得過我的手掌心。

阿不思 （大吃一驚）妳沒有——騎掃帚。

蝶非 掃帚——毫無必要的東西。三分鐘過去了，我們還剩下兩分鐘。你們要聽我的吩咐去做。

天蠍 不，我們不聽。

蝶非 你們以為鬥得過我？

天蠍 我們不能，但我們可以反抗，我們會不惜犧牲性命反抗。

蝶非 預言必須實現，而我們將實現它。

天蠍 預言可以被打破。

蝶非 你錯了，小鬼，預言就是未來。

天蠍 如果預言是必然的，我們為什麼要來這裡影響它？妳的所作所為和妳的所思所想互相矛盾：妳把我們拖進這座迷宮，是因為妳相信這個預言必須被啟動——所以，按照這個邏輯，預言也可以被打破——或是被阻止。

蝶非 你話太多了，小鬼，咒咒虐！

（天蠍痛苦不堪。）

阿不思 天蠍！

天蠍 你要考驗，阿不思——這就是考驗，而我們都將通過。

（阿不思注視天蠍，終於明白他的意思。他點頭。）

蝶非 那麼你們都將難逃一死。

阿不思 （勇氣十足）是的，我們都難逃一死，而且我們很高興知道這樣可以阻止妳。

（蝶非升到空中，怒不可遏。）

蝶非 我們沒有時間討論這個，咒咒——

神秘的聲音 去去，武器走！

束束縛！

（砰的一聲，蝶非的魔杖從她手中飛出去。天蠍吃驚地望著。）

（蝶非被綑綁。天蠍與阿不思不約而同轉頭，驚愕地朝射來電光的方向看去。它來自一個長相英俊的年輕人，年紀大約十七歲左右——西追。）

西追 不要過來。

天蠍 但你是……

西追 西追·迪哥里。我聽到喊叫聲，不得不過來看一下。報上名來，怪獸們，我好跟你們決鬥。

（阿不思轉身，滿臉驚訝。）

阿不思 西追？

天蠍 你救了我們。

西追 你們也是任務之一嗎？還是一個障礙？說，我也必須擊敗你們嗎？

（一陣沉默。）

天蠍 不，你必須放開我們，這是任務之一。

（西追想了一下，想釐清這是不是個陷阱，然後他揮動他的魔杖。）

西追 鬆鬆綁！鬆鬆綁！

（兩人都被鬆綁了。）

現在我可以繼續嗎？繼續走完迷宮？

（兩個男孩望著西追——他們都明白，走完迷宮對西追來說代表什麼。）

阿不思 我想你恐怕得繼續走完迷宮。

西追 那我就繼續。

（西追信心滿滿地走開。阿不思望著他的背影——很想說點什麼，又不知道該說什麼。）

阿不思 西追——

（西追轉頭看他。）

你的父親非常愛你。

（西追皺眉，感到驚訝。）

西追 什麼？

（在他們背後，蝶非的身體開始蠕動，她在地上悄悄爬行。）

阿不思 沒什麼，我想你應該要知道。

西追 （有些困難地想要消化這些話）好的，呃，謝謝你。

（西追又凝視了阿不思一會，這才走開。在這期間，蝶非從她的長袍裡面掏出時光器，被天蠍看到了。）

天蠍 阿不思！

阿不思 不，等等……

天蠍 時光器在轉動……你看她在幹嘛……她不能把我們留在這裡。

（阿不思和天蠍急忙抓住一部分時光器。

這時出現一道強烈的電光石火和陣陣轟隆聲。

時間停止了，然後它開始翻轉，想了一下之後又倒轉回去，起初緩緩地……

接著它開始加速。）

阿不思……

阿不思 我們做了什麼？

天蠍 我們必須跟著時光器，我們必須阻止她。

蝶非 阻止我？你們以為你們能阻止我？我豁出去了。

（她摧毀了時光器，時光器碎裂成無數小片。）

蝶非 你們或許破壞了我利用西追將世界變黑暗的機會，但你也可能是對的，天蠍——預言或許可以被阻止，預言或許可以被打破，但不可否認的事實是，我不想再利用你們這兩個無能的討厭鬼了，我不想再把寶貴的時間浪費在你們任何一個人身上。現在是另外想新辦法的時候了。

（蝶非升上天空，哈哈大笑揚長而去。

兩個男孩在後面追，但他們不可能追得上。她用飛的，他們用跑的。）

阿不思 不……不……妳不能……

（天蠍轉身撿拾時光器的碎片。）

時光器呢？被摧毀了嗎？

天蠍 徹底摧毀。我們被困在這裡了，被困在時間裡，不知道我們身在何處，也不知道她有什麼計畫。

（阿不思左右張望，拚命想為剛剛發生的事情找出解決辦法。）

阿不思 霍格華茲看起來依然沒變。

天蠍 是的，但我們不能被人看見。我們快點離開這裡，免得被發現。

阿不思 我們必須阻止她，天蠍。

天蠍 我知道——但要怎麼阻止？

第三幕 第21場

聖奧斯華男女巫師老人之家，蝶非的房間

（哈利、妙麗、榮恩、跩哥與金妮在一間陳設簡單的橡木鑲板房間內東張西望。）

哈利 她一定對他還有他們全部都施了迷糊咒。她偽裝成護理師，還偽裝成他的姪女。

妙麗 我向魔法部查過，但沒有她的任何紀錄。她是個幽靈人口。

跩哥 怪事——快快現！

（每個人都轉頭看跩哥，他冷冰冰地回望。）

嗯，試試看也無妨，你們還在等什麼？我們一無所知，只能期待這個房間能透露一點訊息。

金妮 她能把東西藏在哪裡？這個房間相當樸素。

榮恩　這些鑲板，這些鑲板一定可以藏東西。

跩哥　或者床鋪。

（跩哥開始檢查床鋪，金妮檢查一盞燈，其餘的檢查牆上的鑲板。）

榮恩　（邊敲打牆壁邊喊）你藏了什麼東西？你裡面有什麼東西？

妙麗　我們也許應該先暫停一下，想一想——

（金妮卸下一盞油燈的燈罩，它呼出一口氣，接著發出嘶嘶聲。他們都轉頭去看。）

那是什麼？

哈利　那是——我想我不應該聽懂——但那是爬說語。

妙麗　它說什麼？

哈利　我哪知道……？自從佛地魔死後，我就不懂爬說語了。

妙麗　那你的疤也應該不會痛才對。

（哈利瞪著妙麗。）

哈利　它說「歡迎報喪鴉」，我想我必須叫它打開……

跩哥　那就說。

（哈利閉上眼睛，開始說爬說語。

房間立即變形，逐漸變得更陰森、更危險。四周牆上現出扭動的蛇的圖像。

蛇身上用螢光顏料書寫著一個預言。）

榮恩 這是什麼？

「當多出來的人免去一死，當時間轉換，當無形的孩子殺死他們的父親時：黑魔王將會回來。」

金妮 預言，一個新的預言。

妙麗 西追——西追被稱為多出來的人。

榮恩 當時間轉換——時光器在她手上，不是嗎？

（幾個人的臉色都沉了下來。）

妙麗 她一定會這麼做。

榮恩 但她為什麼還需要天蠍或阿不思？

哈利 因為我是一個父親——看不見他的孩子，也不了解他的孩子。

跩哥 她是誰？為什麼會對這些這麼執迷？

金妮 我想我找到答案了。

（他們都轉頭看她。她指著上面……幾個人的表情更凝重了，而且充滿恐懼。

觀眾席的四周牆上與天花板紛紛出現文字——詭譎的文字，令人不寒而慄的文字。）

「我將復興黑暗，我將帶回我的父親。」

榮恩 不，她不可能……

妙麗 這怎麼——可能？

跩哥 佛地魔有一個女兒？

（他們驚慌失措地望著天花板。金妮握住哈利的手。）

哈利 不，不，不，不要，千萬不要。

（燈光熄滅，全場一片漆黑。）

（中場休息）

第二部

{ PART TWO }

第四幕

ACT FOUR

第四幕 第1場

魔法部，大會議室

（來自各地的男女巫師齊聚在大會議室內，人數比我們以往所見過的都多，眾人的擔憂寫在臉上。妙麗走上倉促搭起的講台，她舉起手要求保持肅靜，會場內立刻安靜下來，眾人都在擔心她可能要說出的答案。她很驚訝這次一點也不費力，她看看四周。）

妙麗 謝謝各位。很高興各位能來參加我——第二次召開的——特別大會。我有一些事情要宣布——我請求各位一起來解決問題——我們有許多問題——先讓我把話講完。

各位大概都知道，霍格華茲校園內發現了一具屍體，死者名叫克雷．勃克，是個好孩子。我們還沒有明確的情報顯示這是誰幹的，但我們昨天搜查聖奧斯華男女巫師老人之家，其中有個房間透露了兩個訊息：第一個訊息是一個預言，宣稱……黑魔王將會回來——第二個訊息寫在天花板上，宣稱——黑魔王有一個——佛地魔有一個孩子。

（會議室內又開始騷動。）

我們不知道詳情如何，我們只能展開調查——偵訊那些和食死人有關的人……但還沒有找到和那個孩子或那個預言相關的資訊。不過，這似乎是一個事實，這個孩子被隱藏起來不讓魔法界知道，現在她——呃，現在她——

麥教授 她？一個女兒？他有一個女兒？

妙麗 是的，一個女兒。

麥教授 她現在被監禁嗎？

哈利 教授，她要大家先別提問。

妙麗 不要緊，哈利。沒有，麥教授，現在問題更嚴重，恐怕我們沒辦法將她監禁，或者阻止她做任何事。我們現在找不到她。

麥教授 我們不能——去找她？

（停頓片刻，這需要勇氣。）

妙麗 我們有充分的理由相信她躲起來了——藏匿在時間中。

麥教授 （憤怒）在做了那麼多愚蠢的事之後，你仍然留下了那個時光器？

妙麗 教授，我向妳保證——

麥教授 妳真是可恥，妙麗．格蘭傑！

（妙麗面對麥教授的盛怒瑟縮了一下。）

哈利 不，這不是她的錯。妳有權利生氣，你們都有權利，但這不是妙麗一個人的錯。我們不知道這個女巫是如何拿到時光器的，不知道是不是我兒子給她的。

金妮 不知道是不是我們的兒子給她的，或者她從他那裡偷走的。

（金妮走上講台和哈利站在一起。）

麥教授 你們的團結令人感佩，但不能因此忽略你們的疏忽之過。

跩哥 那我也必須面對疏忽之過。

（跩哥也走上講台，站在金妮旁邊。這幾乎是在上演一場反抗宣示，眾人都大吃一驚。）

妙麗和哈利沒有做錯任何事，他們是在保護我們。如果他們有罪，那麼我也有罪。

（妙麗望著她的夥伴們，十分感動。榮恩也毅然決然走了上去。）

榮恩 我只想說——我對這件事不太了解，所以不能負什麼責任——而且我確信我的孩子和這件事無關——但既然大家都站出來，**我也要站出來**。

金妮 沒有人知道他們現在在什麼地方——他們是否在一起或分開。我相信我們的兒子會盡全力阻止她，但……

妙麗 我們沒有放棄。我們去找過巨人，找過山怪，能找的都找了。我們的正氣師正在外面飛，搜索、詢問那些知道秘密的人，並跟蹤那些不肯透露秘密的人。

哈利 但有個事實我們不能逃避，那就是在我們的過去，有個女巫正企圖改寫我們知道的一切——而我們能做的就是等待——等待她成功或失敗。

麥教授 萬一她成功了呢？

妙麗 那麼——如此一來——這間會議室的大多數人將會消失。我們將不再存在，而佛地魔會再度統治世界。

第四幕 第2場

蘇格蘭高地，阿維莫爾火車站，一九八一年

（阿不思與天蠍苦惱地注視著一位站長。）

阿不思 我們當中應該有個人去問他，你不覺得嗎？

天蠍 哈囉，站長先生，麻瓜先生，請問：你有沒有看到一個女巫飛過去？還有，現在是公元幾年？我們是從霍格華茲逃出來的，因為我們對一些令人憂心的事感到害怕。這樣說可以嗎？

阿不思 你知道我最擔心什麼嗎？我爸一定會以為我們是故意的。

天蠍 阿不思，真的嗎？我是說，**你說真的嗎**？真的？我們——受困——迷失——在時間裡——也許永遠——你卻還在擔心你爸會怎麼想？我真不懂你們父子倆。

阿不思 要弄懂的太多了，我爸相當複雜。

天蠍 那你不複雜嗎？先不提你對女人的品味，但你喜歡的……呃……

（兩人都明白他要說什麼。）

阿不思 確實，不是嗎？我是說，她對克雷那樣下手……

天蠍 我們不要去想那個。我們要專心想我們現在沒有魔杖，沒有飛天掃帚，沒有辦法回到我們的時間線這件事，我們有的只有我們的機智，以及——不，沒有了，我們只有機智——然後我們必須阻止她。

站長、（一口非常重的蘇格蘭口音）尼悶機倒開往撈演囪滴火車污點了嗎，孩子？

天蠍 抱歉？

站長 如果尼悶是哉等開往撈演囪滴火車，尼悶應該機倒塔污點了。車班載者裡，者是修訂後滴時間表。

（他望著他們，他們莫名其妙地回望他。他皺著眉頭，遞給他們一份修訂後的列車時間表，指著上面。）

污點了。

（阿不思接過來細看。當他從上面看出大量資訊後，他的表情改變了。天蠍仍目不轉睛地望著站長。）

阿不思 我知道她在哪裡了。

天蠍 你聽得懂？

阿不思 你看這個日期，列車時間表上的日期。

（天蠍靠過去看。）

天蠍 一九八一年十月三十日，三十九年前萬聖節前夕的前一天。可是——她為什麼？噢。

（想通之後，天蠍的表情垮下來。）

阿不思 這是我的祖父母去世的那一天，我爸在襁褓時期遭到攻擊的那一天……佛地魔的詛咒反彈到他自己身上的那一天。她不是想實現預言——她是想阻止更大的那個預言。

天蠍 更大的？

阿不思 「擁有消滅黑魔王力量之人將降臨……

（天蠍跟著他一起背誦。）

天蠍與阿不思　「……出身於曾三次抵禦他之父母，出生於第七個月分消失之時……」

天蠍　這是我的錯。我告訴她預言可以被打破——我告訴她預言的整體邏輯有問題——

（天蠍的表情越來越凝重。）

阿不思　再過二十四小時，佛地魔就要因為試圖殺害襁褓中的哈利波特，使詛咒反彈到他自己身上了。蝶非想去阻止那個詛咒，她要自己去殺死哈利。我們必須趕去高錐客洞。現在。

第四幕 第3場

高錐客洞，一九八一年

（阿不思與天蠍走過高錐客洞市區，一個人來人往、熙熙攘攘、美麗的小村莊。）

天蠍　好吧，我看不出這裡有明顯的攻擊跡象……

阿不思　這裡是高錐客洞？

天蠍　你父親沒有帶你來過？

阿不思　沒有。他有幾次想帶我來，但我都拒絕了。

天蠍　好吧，我們沒空參觀——我們要從一個殺人女巫手中拯救世界——但，你看……那座教堂，聖耶羅教堂……

（他指著教堂時，教堂逐漸變得清晰可見。）

阿不思　好雄偉。

天蠍　聖耶羅教堂的墓園想必也有許多幽靈（他指著另一個方向），而那裡將來會有哈利和他父母的雕像——

阿不思　我爸有雕像？

天蠍　喔，現在還沒有啦，但他以後會有。希望如此。還有這裡——這間屋子就是芭蒂達．巴沙特住的地方……

阿不思　**那個**芭蒂達．巴沙特？《魔法史》的作者芭蒂達．巴沙特？

天蠍　正是。喔，我的天，那就是她。哇，喔，我的求知欲蠢蠢欲動。

阿不思　天蠍！

天蠍　然後這裡是——

阿不思　詹姆、莉莉與哈利波特的家……

（一對長得很好看的年輕夫妻用推車推著一名嬰兒離開一棟房屋。阿不思想靠近他們，天蠍將他拉回來。）

天蠍　他們不能看到你，阿不思，否則可能會擾亂時間。而且我們來的目的不是為這個——還不到時候。

阿不思　但這表示她還沒有……我們成功了……她還沒有……

天蠍　所以我們現在要怎麼辦？準備和她決鬥嗎？她可是非常……厲害。

阿不思　對，我們還沒有仔細思考過，不是嗎？我們現在該怎麼辦？我們要如何保護我爸？

第四幕 第4場

魔法部，哈利的辦公室

（哈利忙著批閱公文。）

鄧不利多 晚安，哈利。

（停頓。哈利抬頭望著鄧不利多的畫像，神態消極。）

哈利 鄧不利多教授大駕光臨我的辦公室，真是榮幸。我必須加入什麼地方的行動嗎，今晚？

鄧不利多 你在做什麼？

哈利 看公文，看我有沒有錯過任何不該錯過的消息。整編部隊，以我們有限的能力參與作戰，即使知道戰鬥在離我們很遠的地方肆虐。除此之外我還能做什麼？

（他稍稍停頓。鄧不利多不吭聲。）

你這陣子都在什麼地方，鄧不利多？

鄧不利多　我現在在這裡。

哈利　這裡就像剛打輸了一場戰爭，還是你否認佛地魔即將東山再起？

鄧不利多　這件事——有可能。

哈利　你走吧，離開。我不想見到你，我不需要你，我每次真正需要你的時候，你都不在。我三次獨力對抗他，而我會再迎戰他，必要時——依然單打獨鬥。

鄧不利多　哈利，你以為我不想代替你去對抗他嗎？如果可以的話，我不會讓你去——

（哈利爆發。）

哈利　愛使我們盲目？你知道這句話代表什麼意思嗎？你知道這句話有多麼令人不快嗎？我兒子——我兒子正在為我們而戰，一如當年我為你們而戰。我證明了我是他的差勁父親，如同你是我的差勁父親。我沒有讓他感受到被愛——使他懷著一股怨氣長大，直到多年以後他才會慢慢理解——

鄧不利多　如果你指的是水蠟樹街，那麼——

哈利　**許多年**，許多年——我在那邊孤孤單單地度過許多年，不知道自己的身分，不知道我為什麼要住在那裡，不知道有誰在乎我！

鄧不利多　我——我不想跟你太親近——

哈利　你甚至在那個時候都還在保護你自己！

鄧不利多　不，我是在保護你，我不想傷害你……

（鄧不利多想從畫像中伸出他的手，但未能如願。他開始飲泣，但極力隱藏。）

但我最後還是跟你見面了……你十一歲，而且你是那麼勇敢，那麼善良，你毫無怨言地走上早已鋪在你腳下的那條路。我當然愛你……而且我知道它會一再發生……無論在哪裡，只要我愛人，就免不了造成傷害……我是不適合愛人的人……只要我愛人，沒有一次不造成傷害……

（停頓。）

哈利　如果你當時有告訴我，我就可以少受一點傷害。

鄧不利多　（現在明顯地哭泣）我太盲目，這就是愛的結果。我看不出你需要聽到這個封閉、狡猾、危險的老人說他……愛你……

（交談暫時停止，兩人都情緒激動。）

哈利 我並不是毫無怨言。

鄧不利多 哈利，在這個錯綜複雜的情感世界中永遠沒有完美的答案。人類不可能達到完美，魔法也不能。每一個閃亮耀眼的快樂時光都暗藏著一滴毒藥：你知道痛苦會再度降臨。但你要對那些你愛的人坦誠，讓他們看到你的痛苦。人會痛苦就跟他會呼吸一樣正常。

哈利 這你以前對我說過。

鄧不利多 這就是我今天晚上要給你的全部建言。

（他準備走開。）

哈利 不要走！

鄧不利多 我們愛的那些人從不曾真正離開我們，哈利。有些東西是死亡無法碰觸的，畫像……記憶……還有愛。

哈利 我也愛你，鄧不利多。

鄧不利多 我知道。

（他走了，哈利又孤單一個人。�J哥進場。）

踌哥 你知道在另一個現實世界中——天蠍看到並且進入的那個現實世界——我是魔法執法部門主管嗎？說不定這個房間很快就是我的辦公室了。你還好吧？

（哈利仍沉浸在哀傷的情緒中。）

哈利 進來吧——我帶你參觀。

（踌哥快步走進辦公室，不甚滿意地看看四周。）

踌哥 問題是——我始終沒有很想進魔法部工作，即便是在我小的時候。這是——我爸想要的——不是我。

哈利 那你想做什麼？

踌哥 魁地奇，但我的技術不夠好。我最想要的是快樂。

（哈利點頭。踌哥又再度打量他，不太有把握接下來該怎麼做。）

踌哥 抱歉，我不太擅長閒聊，你不介意我們跳過去，直接談正事吧？

哈利 當然。什麼——正事？

（停頓。）

跩哥 你以為喜多・諾特只有一個時光器嗎？

哈利 什麼？

跩哥 魔法部沒收的那個時光器是個樣品，用廉價金屬製成的。它當然也可以用，但只能回去五分鐘——這是一個重大的缺陷——它不是真正收藏黑魔法物品的人會收購的東西。

（哈利明白跩哥的意思。）

哈利 他替你做事？

跩哥 不，替我父親。我父親喜歡擁有別人沒有的東西。魔法部那個時光器——感謝郭魯克——對他來說太普通了。他要的是能回去停留一個鐘頭以上，還能倒回去許多年的精品。他不曾使用過，我想他暗地裡寧可要一個沒有佛地魔的魔法界。但，是的，那個時光器是專為他製作的。

哈利 你一直保存著？

（跩哥拿出那個時光器。）

跩哥 沒有五分鐘的問題，而且像黃金一樣閃亮亮，正是馬份家族喜愛的那種。你笑了。

哈利 妙麗・格蘭傑。這是她保留第一個時光器的原因，她就擔心可能會有第二個。你持有這個東西，很可能會被送進阿茲卡班。

跩哥 換個方式想想——假如人們早已認為我有能力穿越時空，假如那個謠言愈發不可收拾——這會是個證據。

（哈利注視跩哥，明白他的意思。）

哈利 天蠍。

跩哥 我們可以生育，但翠菊的身子太弱。這是一個家族血脈的詛咒，特別嚴重的一個。她其中一位祖先遭到詛咒……而報應出現在她的身上。你知道這種事是會隔代遺傳的……

哈利 我很遺憾，跩哥。

跩哥 我不希望她冒生命危險，我說，無論我父親怎麼說，我都不在乎馬份家族是不是會從我這裡斷了香火。但翠菊——她不為馬份家族，不為純正血統，也不為榮耀而生育，她要為我們倆生一個孩子，我們兩人的孩子。於是天蠍出生了……那是我們這一生中最快樂的一天，雖然它也使翠菊的身體更衰弱。我們隱居起來，我們三個，我想讓她把身體養好……於是謠言就傳開了。

哈利 我無法想像那種情況。

跩哥 翠菊一直知道她命中注定不會活到老，她希望我在她走後還有人陪伴，因為……當跩哥．馬份是一件非常孤獨的事，老是被人懷疑。人無法逃避過去，但我始終沒有想到的是，把他藏起來，讓他遠離這個蜚短流長、動輒批判別人的世界，反而使我的兒子遭受比我所承受的更嚴酷的懷疑。

哈利 愛使人盲目。我們給我們兒子的都不是他們想要的，而是我們想要的。我們忙著改寫我們的過去，卻破壞了他們的現在。

跩哥 這就是為什麼會需要這個東西。我一直保存著它，一直忍著不敢使用，儘管我願意出賣我的靈魂，只為換取和翠菊再相處一分鐘……

哈利 噢，跩哥……我們不能，我們不能使用它。

（跩哥注視著哈利，這是他們頭一次——在他們的痛苦深淵中——他們以朋友的身分互相對視。）

跩哥 我們必須找到他們——即便要花上幾世紀的時間，我們也要找到我們的兒子……

哈利 我們不知道他們身在何處或在什麼年代，而在你不知道什麼時間、什麼地點的情況下盲目搜索是愚蠢的行為。不行，恐怕我們空有愛也不行，空有時光器也不行。現在只能靠我們的兒子——他們是唯一能拯救我們的人。

第四幕 第5場

高錐客洞，詹姆與莉莉的房屋外面，一九八一年

（阿不思和天蠍絕望地四處張望，試圖讓他們從這個經典悖論中脫身。）

阿不思 我們要告訴我的爺爺和奶奶嗎？

天蠍 告訴他們，他們永遠無法看到他們的兒子長大嗎？

阿不思 她夠堅強，我知道她可以——你看到她了。

天蠍 她好美，阿不思。假如我是你，我一定會想過去和她說話。但她必須向佛地魔求情饒哈利一命，她必須以為他會死。如果你過去的話，就會嚴重擾亂時間……

阿不思 鄧不利多，鄧不利多還活著，我們去把鄧不利多找來，像你去找石內卜那樣——

天蠍　我們能冒險讓他知道你爸仍活著？而且還生了幾個孩子嗎？

阿不思　他是鄧不利多！他面對任何情況都有辦法處理！

天蠍　阿不思，有關鄧不利多上通天文下知地理，說他如何知道，以及他為什麼會做那些事的書籍不下上百種，但毫無疑問的一點是——他之所以那麼做——是因為他必須那麼做——而我可不想冒險破壞那些。（停頓，他懇求地看著朋友）我那時候能去求救是因為我在另一個現實中，但我們現在不是，我們現在是在過去，所以我們不能在修正時間之後又引發更多問題——如果我們從冒險中有學到任何教訓，那就是這個。和任何人交談——影響時間——這個風險太大了。

阿不思　那我們必須——和未來交談，我們必須傳遞訊息給我爸。

天蠍　可是我們沒有能穿越時間的貓頭鷹，而且他也沒有時光器。

阿不思　我們傳送訊息給我爸，他會想辦法回到這裡，即使他必須自己製造一個時光器。

天蠍　我們傳送一個記憶——像儲思盆那樣——在他旁邊等著，然後傳送訊息給他，祈禱他在對的時間收到這個記憶。我的意思是，雖然不太一樣，但……在嬰兒旁邊等著——然後反覆喊**救命**。**救命**。**救命**。我的意思是，這樣或許能在嬰兒身上留下一點記憶創傷。

阿不思 那也只有一點。

天蠍 現在留下少許創傷，比起之後發生的大事，實在太划算了……而且，說不定——之後——當他想起的時候，或許會想起我們的臉和我們在——喊救命——

阿不思 救命。

（天蠍望著阿不思。）

天蠍 你是對的，這個點子很糟。

阿不思 這是你所有點子中最糟的一個。

天蠍 有了！我們自己傳送——我們等四十年——我們傳送——

阿不思 不可能啦——一旦蝶非算準時間，她就會派軍隊過來並找到我們——殺掉我們——

天蠍 那我們躲進山洞裡？

阿不思 和你一起在山洞內藏匿四十年想必很有趣……他們一定會找到我們的，我們會死，會被困在錯誤的時間內。不行，我們需要一個我們能掌握的東西，一個我們知道他會在關鍵時刻收到的東西，我們需要一個……

天蠍 這裡什麼也沒有。但，假如我必須在永恆的黑暗重現時挑選一個同伴，我會選你。

阿不思 我沒有冒犯的意思，但我會選一個大塊頭，而且魔法高強的人。

（莉莉和躺在嬰兒推車內的小哈利一起出來，她小心翼翼地在他身上裹上一條毯子。）

他的毯子。她用他的毯子裹著他。

天蠍 好吧，今天是挺冷的。

阿不思 他常說——這是他對她的唯一記憶。你看她為他裹上毛毯那種愛的感覺——我想他知道了一定會很高興——但願我能告訴他。

天蠍 我也但願我能對我爸說——好吧，其實我也不確定要說什麼。我想我會告訴他，我偶爾比他想像中的更勇敢。

（阿不思想到一個主意。）

阿不思 天蠍——我爸到現在仍然留著那條毯子。

天蠍 那樣行不通啦。如果我們現在在毯子上寫下一個訊息，即便是很小的一個，他也會太早讀到。那樣會擾亂時間。

阿不思 你對愛情魔藥了解多少？它需要哪些材料？

天蠍 其中有一項是珍珠粉。

阿不思 珍珠粉相當稀有，對吧？

天蠍 主要是因為它很昂貴。這有什麼關係，阿不思？

阿不思 開學那天，我和我爸吵了一架。

天蠍 這我知道，我想正是因為這樣，才讓我們惹上這個麻煩。

阿不思 我把毯子扔出去，它打翻了榮恩舅舅惡作劇送我的一瓶愛情魔藥。那瓶魔藥被打翻，毯子覆蓋在它上面。我碰巧知道自從我離開之後，我媽一直不讓我爸進那個房間。

天蠍 所以呢？

阿不思 他們現在的時間也和我們一樣，都在萬聖節前夕的前一天——還有，他告訴我，他總是在萬聖節前夕把那條毯子拿出來。每年的這天他都要跟那條毯子在一起——那是他的母親留給他的最後一件紀念品——所以他會去找它，然後當他發現它……

天蠍 不懂，我還是不懂你的意思。

阿不思 珍珠粉有什麼作用？

天蠍 這個嘛，聽說假如幻影猿酊劑和珍珠粉接觸……就會燃燒。

阿不思 那這個幻影猿什麼的（他一時說不出它的正確名稱），肉眼看得見嗎？

天蠍 看不見。

阿不思 所以，如果我們把那條毯子拿來，用幻影猿酊劑在上面寫字，那……

天蠍 （恍然大悟）直到它接觸到愛情魔藥之前，都不會起任何化學反應。在你的房間，現在。以鄧不利多之名，我喜歡這個點子。

阿不思 我們必須想辦法找到……

幻影猿。

天蠍 你知道嗎？聽說芭蒂達．巴沙特一向主張女巫和巫師沒有必要鎖門。

（房門立刻自動打開。）

傳言果然是真的，現在該去偷幾根魔杖並製作魔藥了。

第四幕 第6場

哈利與金妮的家，阿不思的房間

（哈利坐在阿不思的床上，金妮進來，注視著他。）

金妮 想不到會在這裡找到你。

哈利 別擔心，我沒有碰任何東西，妳的聖地仍保持原封不動（他瑟縮了一下）。抱歉，用錯了字眼。

（金妮不作聲，哈利抬頭看她。）

妳知道我度過不少很糟的萬聖節前夕——但這次毫無疑問，至少是——第二糟。

金妮 我錯了——不該責怪你——我總是怪你對事情太早下定論，而且我——阿不思失蹤，我還認為是你的錯。真對不起。

哈利 妳不認為這是我的錯？

金妮 哈利，他被一個法術高強的黑魔法女巫綁架，這怎麼會是你的錯？

哈利 是我把他趕走的，我把他趕到她身邊。

金妮 我們可不可以不要看成已經打輸了這場仗？

（金妮點頭。哈利哭了。）

哈利 我很抱歉，金——

金妮 你沒在聽我說嗎？我也很抱歉。

哈利 我不應該活下來——我是命中注定要死的——連鄧不利多都這麼認為——結果我活了下來。我擊敗佛地魔，但這些人——這些人——小克雷、我的父母、弗雷、五十烈士——而我卻還活著？這情何以堪？損失這麼慘重——這都是我的錯。

金妮 他們是被佛地魔殺死的。

哈利 但假如我早一點阻止他呢？我的雙手染上了那麼多鮮血，現在連我們的兒子也被帶走了——

金妮 他沒死，你聽到我的話了嗎，哈利？他沒死。

（金妮將哈利擁進懷裡，兩人都傷心得一時說不出話來。）

哈利 「那個活下來的男孩」，多少人為了「那個活下來的男孩」喪命？

（哈利傷心了半晌，不知如何是好，然後他看見那條毯子，他走過去。）

這條毯子是我僅有的紀念，妳知道……在那個萬聖節前夕。這是我唯一能紀念他們的東西，現在——

（他拿起毛毯，發現上面有破洞，他仔細看，感到不解。）

這上面有破洞，榮恩那瓶愚蠢的愛情魔藥把它燒壞了，燒穿了。妳看，毀了，毀了。

（他丟掉毯子。金妮撿起來仔細看。）

金妮 哈利……

哈利 什麼？

金妮 哈利，這上面有——東西——寫了字——

（沒有任何提示音，阿不思和天蠍出場，跟哈利、金妮共享舞台，即使他們處於不同的時間線。）

阿不思 「爸……」

天蠍 我們開頭要寫「爸」？

阿不思 這樣他才知道是我。

天蠍 他的名字叫哈利，我們開頭應該寫「哈利」才對。

阿不思 （態度堅定）我們開頭寫「爸」。

哈利 「爸」，它是寫「爸」嗎？不是很清楚……

天蠍 「爸，**救命**」。

金妮 「求」嗎？這上面是寫「求」嗎？然後……「各」……

哈利 「爸求各同」？不對，這真是……一個奇怪的惡作劇。

阿不思 「爸，救命，高錐客洞。」

金妮 給我，我的眼力比你好。對，「爸求各」——那不是「求」啦——這個是「同」還是「洞」？接下來是幾個數字——這些比較清楚——「3……1……1……0……8……1」，這是麻瓜的電話號碼嗎？還是座標，或是……

（哈利抬頭，腦中立即閃過幾個念頭。）

哈利 不對，那是日期。一九八一年十月三十一日，我父母遇害的日子。

（金妮看看哈利，再看看毛毯。）

金妮 那個字不是「求」，那是救命的「救」。

哈利　「爸，救命，高錐客洞，31／10／81」。這是一個訊息，聰明的孩子留下訊息給我。

（哈利用力親吻金妮。）

金妮　阿不思寫的？

哈利　他告訴我他們在什麼地方，以及他們所在的時間。現在我們知道她在什麼地方了，我們知道她在什麼地方就可以對抗她了。

（他又用力親吻她。）

金妮　我們可還沒有把他們帶回來。

哈利　我派一隻貓頭鷹給妙麗，妳去派一隻給跩哥，告訴他們帶著時光器和我們在高錐客洞會合。

金妮　這次是「我們」，好嗎？你別想丟下我自己一個人單獨回去，哈利。

（哈利充滿感激與愛地親吻妻子。）

哈利　妳當然要一起去。我們有機會了，金妮。以鄧不利多之名——我們就是需要這個——一個機會。

第四幕 第7場

高錐客洞

（榮恩、妙麗、踻哥、哈利與金妮走過現代的高錐客洞大街，這是一個忙碌的市集小鎮——這些年來它已逐漸擴大、繁榮。）

妙麗　高錐客洞，應該有二十年了吧……

金妮　是只有多一個我，還是有了更多麻瓜？

妙麗　它現在是一個相當熱門的週末度假區。

踻哥　看得出來——瞧那些茅草屋頂，還有，那是農夫市集嗎？

（妙麗走到哈利身邊——他正東張西望，被眼前的一切所吸引。）

妙麗　你還記得我們上一次來這裡的情景嗎？感覺上還是跟以前一樣。

榮恩　跟以前一樣，只不過又多了幾條討厭的馬尾。

（踻哥聽見了，明白他語中帶刺。）

踱哥　我可以說……

榮恩　馬份，你和哈利現在也許哥倆好了，還有你也許生了個好兒子，但你曾經對我老婆說過一些非常不公道的話……

妙麗　你的老婆不需要你替她打抱不平。

（妙麗狠狠瞪了榮恩一眼，榮恩深受打擊。）

榮恩　好吧。不過，假如你再批評她或我……

踱哥　你會怎樣，衛斯理？

妙麗　他會擁抱你，因為我們都在同一個團隊，不是嗎，榮恩？

榮恩　（面對她堅定不移的眼光不禁有些猶豫）好吧，我，呃，我覺得你的髮型真的很好看，踱哥。

妙麗　謝謝你，老公。這個地點好像不錯，我們就在這裡……

（踱哥拿出時光器——當他們都圍繞著它就定位時，它開始快速轉動。這時出現一道強烈的電光石火和陣陣轟隆聲。時間停止了，然後它開始翻轉，想了一下之後又倒轉回去，起初緩緩地……接著它開始加速。他們看看自己的四周。）

榮恩　成功了嗎？

第四幕 第8場

高錐客洞，一間小屋，一九八一年

（阿不思抬頭，驚喜地看見金妮與哈利，接著又看到其他幾個滿臉欣慰的人——榮恩、跩哥與妙麗。）

阿不思 **媽**？

哈利 阿不思·賽佛勒斯·波特，很高興見到你。

（阿不思跑過來投入金妮的懷抱，金妮歡天喜地地抱著他。）

阿不思 你們收到了我們的留言……？

金妮 我們收到了你們的留言。

（天蠍慢慢走向他的父親。）

跩哥 我們可以擁抱，如果你想的話……

（天蠍望著他父親，一時拿不定主意。然後父子倆尷尬地半擁半抱。跩哥面帶微笑。）

榮恩 好了，這個蝶非在什麼地方？

天蠍 你們知道蝶非的事？

阿不思 她在這裡——我們認為她想搶在佛地魔詛咒自己之前殺掉你。她要殺你，這樣才能打破預言……

妙麗 是的，我們也是這麼想。你們知道她現在會在什麼地方嗎？

天蠍 她消失了。你們——你們又沒有時光器，怎麼會……

哈利 （打斷他的話）這事說來話長，天蠍，現在沒有時間談這個。

（跩哥感激地對哈利微笑。）

妙麗 哈利說得對，時間是關鍵。我們要讓所有人在該在的地點，高錐客洞地方不大，但她有可能從任何一個方向出現，所以我們必須找個視野較好、可以監視整個鎮的地點——可以一次容納幾個人，又能看得清楚的地方——最重要的是讓我們可以隱藏起來，因為我們不能冒著被人看見的風險。

（眾人都皺眉，思考。）

我想聖耶羅教堂這幾個條件都具備，你們不覺得嗎？

第四幕 第9場

高錐客洞，教堂聖所，一九八一年

（阿不思躺在一張長椅上睡覺，金妮小心地守著他。哈利注視著對面窗外。）

哈利 沒有，什麼也沒有，她為什麼不在這裡？

金妮 我們在一起，你爸媽仍活著。我們可以轉換時間，哈利，但我們不能加速時間。她準備好了就會出現，我們也會準備好對抗她。

（她望著阿不思的睡相。）

或者我們當中的某些人。

哈利 可憐的孩子認為他必須拯救世界。

金妮 可憐的孩子已經拯救了世界。毯子這一招太高明了，我的意思是，他也差一點摧毀世界，但我們最好還是不要強調那一點。

哈利　妳想他沒事吧？

金妮　就快了，也許還要再多給他一點時間——也多給你一點時間。

（哈利微笑。她又望著阿不思，哈利也望著他。）

你知道，我打開密室之後——就是佛地魔用那本可怕的日記蠱惑我，害我差點毀了一切之後——

哈利　我記得。

金妮　我從醫院出來後——大家都不理我、排擠我——除了那個擁有一切的男孩之外——他走過葛來分多交誼廳，要跟我比賽爆炸牌。人們都以為他們了解你，但你最大的優點是——始終都是——在小事上展現英雄氣質。我的重點是——經過這次事件之後，如果可以的話——有些人，特別是孩子——有時會希望有人找他一起玩爆炸牌。

哈利　妳認為我們就是少了這個——爆炸牌？

金妮　不，是我那一天從你那裡感受到的愛——我不確定阿不思有沒有感受到。

哈利　我願意為他做任何事。

金妮　哈利，你願意為任何人做任何事，你樂意為全世界犧牲你自己。但他需要的是特別的愛，那會讓他更堅強，你也會更堅強。

哈利 妳知道嗎？一直到我們以為阿不思失蹤的那一刻，我才真正了解我母親為我做的事。反符咒的力量竟大到可以擊退奪命的咒語。

金妮 而佛地魔唯一不能理解的咒語是——愛。

（這個字眼在這個房間裡感覺既沉重又美麗。）

哈利 我是真的特別愛他，金妮。

金妮 我知道，但他必須感受到。

（哈利帶著憂傷的笑容看著妻子，明白他需要做出改變。）

哈利 我很幸運擁有妳，不是嗎？

金妮 非常幸運。我很樂意另外找時間討論這件事有多麼幸運，但現在——讓我們專心阻止蝶非吧。

哈利 我們的時間不多了。

（金妮忽然想到一件事。）

金妮 除非——哈利，有沒有人想到——她為什麼要挑現在？今天？

哈利 因為這是改變一切的那一天……

金妮 這時候你已經一歲多了，對不對？

哈利　一歲又三個月。

金妮　她可以在你一歲又三個月之內的任何時刻殺掉你。即便是現在，她也已經在高錐客洞停留二十四小時了，她在等什麼？

哈利　我還是不太明白妳——

金妮　如果她不是在等你——如果她在等他……想阻止他呢？

哈利　什麼？

金妮　蝶非挑今天晚上是因為他在這裡——因為她的父親要來。她想見他，想和他在一起，她心愛的父親。但佛地魔攻擊你之後就發生了問題，要是他當初沒有這麼做……

哈利　他的力量就會越來越強大——黑暗世界會越來越黑暗。

金妮　打破預言最好的方法就是不要殺死哈利波特，也就是阻止佛地魔採取任何行動。

第四幕 第10場

高錐客洞，教堂，一九八一年

（幾個人聚在一起，滿頭霧水。）

榮恩 讓我搞清楚——我們是為保護佛地魔而戰？

阿不思 佛地魔殺了我的祖父母，佛地魔不是還想殺我爸嗎？

妙麗 對喔，金妮，蝶非不是想殺死哈利——她是要阻止佛地魔殺死哈利。太聰明了。

跩哥 所以——我們只好等待？等佛地魔出現？

阿不思 她知道他會在什麼時候出現嗎？她提早二十四小時來到這裡，不就是因為她不知道他什麼時候抵達，以及他從哪裡出現？歷史典籍上——如果我說錯了請你糾正我，天蠍——都沒有提到他在什麼時間抵達高錐客洞，以及他如何抵達嗎？

天蠍與妙麗　沒錯。

榮恩　天哪！有兩個妙麗！

踱哥　那麼，我們要如何利用這個優勢？

阿不思　你們知道我擅長什麼嗎？

哈利　你擅長很多東西，阿不思。

阿不思　調製變身水。我想芭蒂達·巴沙特的地下室或許會有調製變身水的所有材料。我們可以變身成佛地魔，然後把她引過來。

榮恩　使用變身水必須用到那個人身上的一點東西，我們沒有佛地魔身上的東西。

妙麗　但我喜歡這個點子，調虎離山計。

哈利　用變形術能變得多像？

妙麗　我們知道他的模樣，而且我們這裡有幾位傑出的巫師和女巫。

金妮　你們要變形成佛地魔？

阿不思　這是唯一的辦法。

妙麗　是啊，不是嗎？

（榮恩勇敢地站出來。）

榮恩 讓我來吧——我想應該由我來變成他。我的意思是，這不會——當佛地魔也不錯呀——但，不是我自誇——我或許是我們當中最沉得住氣的……所以也許變形成他——變形成黑魔王，對我的傷害會比——你們任何一個更——緊張的人——的傷害更小。

（哈利走開，去自我反省。）

妙麗 你說誰緊張？

跩哥 我也自願。我認為假冒佛地魔必須細膩……沒有冒犯的意思，榮恩……以及具備黑魔法的知識，還有——

妙麗 我也自願，身為魔法部長，我認為這是我的責任與權利。

天蠍 不然我們抽籤——

跩哥 你不能自告奮勇，天蠍。

阿不思 事實上——

金妮 不，絕對不行。我覺得你們都瘋了，我知道那種聲音在你的腦子裡是什麼感覺，我不會想要再來一次——

哈利 而且總而言之——非我不可。

（每個人都轉向哈利。）

蹺哥 什麼？

哈利 要使這個計畫成功，她必須相信那就是他，沒有任何猶豫。她會使用爬說語——我早就**知道**我仍然擁有這個能力必有原因。但更重要的是，我——知道那種感覺——我像他。我知道**成為**他是什麼感覺，這個非我不可。

榮恩 胡說，說得好聽，卻是好聽的胡說八道。你絕不能——

妙麗 我想你是對的，我的老友。

榮恩 妙麗，妳錯了，佛地魔並非等閒之輩——哈利不應該——

金妮 我實在痛恨附和我哥的話，但……

榮恩 他有可能被困住——變成佛地魔——永遠。

妙麗 你的擔憂是合理的，可是……

哈利 等等，妙麗。金妮。

（金妮與哈利對視。）

如果妳反對，我就不做，但我認為這是唯一的辦法，我這麼說不對嗎？

（金妮想了一下，微微點頭。哈利的表情更堅定了。）

金妮 你是對的。

哈利 那就這麼辦。

踱哥 我們不需要先討論你要走的路線嗎——那個——

哈利 她在觀察他，她會來找我。

踱哥 然後呢？她找上你之後？容我提醒你，她可是一位法力高強的女巫。

榮恩 簡單，他把她引到這裡，我們合力做掉她。

踱哥 「做掉」她？

（妙麗看看四周。）

妙麗 我們躲在這些門後面，如果你可以把她引到這裡，哈利（她指著陽光從教堂的花窗玻璃透進來投射在地板上的那個光點），我們就出來，讓她沒有機會逃走。

榮恩 （瞥一眼踱哥）然後我們就**做掉**她。

妙麗 哈利，再問最後一次，你真的可以？

哈利 是的，我可以。

踱哥 不行，太多如果了——太多可能出差錯的情況——變形術有可能無法維持太久，她有可能看穿——要是她在我們的圍攻下脫困逃走，說不準她會造成怎樣的傷害——我們需要時間從長計議——

阿不思 跩哥，相信我爸，他不會讓我們失望的。

(哈利望著阿不思，很感動。)

妙麗 魔杖。

(每個人都拔出他們的魔杖，哈利緊握他的魔杖，魔杖放光——壓服全場。

變形的過程緩慢而恐怖。

哈利身上呈現佛地魔的身形，以及他駭人的模樣。他轉身，環顧他的朋友與家人。他們都回望著他——一臉驚駭。)

榮恩 我的天。

哈利／佛地魔 像嗎？

金妮 (凝重地說)像，很像。

第四幕 第11場

高錐客洞，教堂，一九八一年

（榮恩、妙麗、踻哥、天蠍與阿不思從窗口往外看。金妮看不下去，她遠遠地坐在後面。）

（阿不思發現母親坐離他們很遠，他走向她。）

阿不思 妳知道不會有問題的吧，媽？

金妮 我知道，或者我希望我知道。我只是——不想看到他那個模樣，我心愛的人扮成我痛恨的人的模樣。

（阿不思坐在他母親身旁。）

阿不思 我喜歡她，媽，妳知道嗎？我真的喜歡她，蝶非。想不到她是——佛地魔的女兒？

金妮　他們就會這一招，阿不思——他們擅長織網去捕捉那些天真的人。

阿不思　這都是我的錯。

（金妮將阿不思摟在懷裡。）

金妮　真有意思，你爸似乎也認為這都是他的錯。你們真是一對奇怪的父子。

（天蠍從門口發出噓噓聲，打斷他們。）

天蠍　那是她，那個就是她，她在看他。

妙麗　大家各就各位。記住，等他把她引到亮處才能出來。我們只有一次機會，不要搞砸了。

（他們迅速移動。）

跩哥　妙麗．格蘭傑，妙麗．格蘭傑在對我發號施令。（她轉頭看他，他微笑）而我有點享受。

天蠍　爸……

（他們散開，各自躲在兩扇大門後面。

哈利／佛地魔又進入教堂，走了幾步後他轉身。）

哈利／佛地魔　不管跟蹤我的是女巫或巫師，我向你保證，你會後悔。

（蝶非出現在他身後，她不由自主跟著他，這是她的父親，這是她等了一輩子的重要時刻。）

蝶非 佛地魔王，是我，我在跟蹤您。

哈利／佛地魔 我不認識妳，走開。

（她深呼吸。）

蝶非 我是您的女兒。

哈利／佛地魔 如果妳是我的女兒，我應該會認識妳。

（蝶非用懇求的眼光看他。）

蝶非 我來自未來，是貝拉．雷斯壯和您所生的孩子，霍格華茲大戰前我在馬份莊園出生。您將會在那一場戰役中失敗，我是來救您的。

（哈利／佛地魔轉身。她和他四目相對。）

貝拉忠心的丈夫道夫．雷斯壯從阿茲卡班出來後，告訴我我的真實身分，並給我看那個他認為我命中注定要實現的預言。我是您的女兒，先生。

哈利／佛地魔 我和貝拉很熟，妳的長相確實有幾分像她——但妳沒有遺傳到她最好的優點，而且沒有證據……

（蝶非立刻說出爬說語。

哈利／佛地魔發出邪惡的笑聲。）

這就是妳的證據？

（蝶非不得已只好升上空中。哈利／佛地魔往後退——他大吃一驚。）

蝶非 我是服從黑魔王的報喪鴉，我準備盡心服侍您。

哈利／佛地魔 （儘可能隱藏他的震驚）妳學會飛行——從——我這裡？

蝶非 我嘗試依循您走過的路。

哈利／佛地魔 我還沒有見過哪個女巫或巫師想與我平起平坐。

蝶非 請不要誤會——我不敢說我配得上您，主人。但我盡力讓自己成為您會引以為榮的孩子。

哈利／佛地魔 （打斷）我看到妳現在的表現，也看到妳未來的可能了，女兒。

（她望著他，莫名的感動。）

蝶非 父親？

哈利／佛地魔 我們可以一起展現我們的力量。

蝶非　父親？

哈利／佛地魔　過來，走到這個亮處，讓我好好看看我的骨肉。

蝶非　您的任務是個錯誤，攻擊哈利波特是個錯誤，他會摧毀您。

（哈利／佛地魔的一隻手變回哈利的手，他發現了，大吃一驚，心裡有點慌，便迅速將它藏進他的衣袖裡。）

哈利／佛地魔　他是個嬰兒。

蝶非　他擁有他母親的愛，您的咒語會反彈摧毀您，並使他的力量太強，而您太弱。您會東山再起，經過十七年後會再度與他大戰——您會在那場戰役中失敗。

（哈利／佛地魔的頭上開始冒出頭髮，他有感覺，於是想遮掩。他將他的頭罩拉上來蓋住他的頭。）

哈利／佛地魔　那我就不攻擊他了。妳說得對。

蝶非　父親？

（哈利／佛地魔開始縮小——他現在比較像哈利而不像佛地魔了。他轉身背對蝶非。）

哈利 父親？（儘可能模仿佛地魔的口音）妳的計畫很好，我不攻擊他了。妳做得很好，現在過來這邊，這裡亮一點，讓我好好看看妳。

（蝶非發現一扇門微微打開後又關上。她皺眉，迅速思考。她的疑慮漸增。）

蝶非 父親……

（她想再看一眼他的面孔，危機幾乎一觸即發。）

你不是佛地魔王。

（蝶非從她手中射出一道電光。哈利與她對峙。）

哈利 吼吼燒！

吼吼燒！

（兩道電光在房間中央相遇，形成華麗的爆炸。當其他人試圖開門時，蝶非又用她的另一隻手朝那兩扇大門發射電光。）

蝶非 你是波特。密密膠！

（哈利望著大門，有點慌。）

金妮 （從後台）她從你那邊把門封死了。

蝶非 怎麼？你以為你的朋友會加入，和你一起並肩作戰？

妙麗 （從後台）哈利……哈利……

哈利 好，那我就和妳單打獨鬥。

（他又再度對她發動攻勢，但她太強了。）

哈利的魔杖飛上天並朝她飛去。他被繳械了，束手無策。）

蝶非 妳怎麼會……？妳到底是什麼？

哈利 我觀察你很久了，哈利波特，我比我的父親更了解你。

蝶非 妳以為妳已經看出我的弱點？

我為了讓自己成為一個配得上他的女兒而學習了很久！是的，雖然他是最頂尖的一代巫師，但他也會以我為榮。轟轟破！

（哈利就地打滾，身後的地板被炸開。他慌忙爬到教堂長椅底下，試圖想出對抗她的辦法。）

你想匍匐著逃離我嗎？哈利波特，魔法界的英雄，像隻老鼠似地在地上爬。溫咖癲啦唯啊薩！

（教堂長椅升到半空中。）

問題是，這是否值得我浪費時間殺死你？我明知只要我阻止我的父親，就保證一定能毀滅你，所以如何決定是好？噢，我好煩喔，殺死你算了。

（她將長椅用力降下摔在他身上。他迅速滾開，長椅砸在地板上。阿不思從地上的一扇門出現，但沒人發現。）

啊哇咀——

阿不思 爸……

哈利 阿不思！不要！

（阿不思扔給哈利其中一根魔杖。哈利接住，對兒子所冒的風險充滿驚恐。）

蝶非 你們兩個？快選，快選，我想我先殺男孩好了。啊哇咀喀咀啦！

（她對阿不思射出索命咒，但哈利搶先一步將他推開，電光擊中地面。他還她一道電光。）

哈利 你以為你會比我強？

不，我不會比妳強。

（他們毫不留情地相互攻擊，阿不思迅速滾開，朝一扇大門砰地射出咒語，接著對另一扇門發射，門打開了。）

阿不思 阿咯哈姆啦！

哈利 但我們會比妳強。

阿不思 阿咯哈姆啦！

哈利 我沒有一次是單打獨鬥的，妳要知道，現在當然也不會。

（妙麗、榮恩、金妮和跩哥從門外衝出來，一起對蝶非發射咒語。蝶非發出慘叫。這個攻勢威力無比，她一個人無法對抗他們全部。）

一連串的轟然巨響——然後，震驚不已的蝶非被擊垮，頹然倒在地上。）

蝶非 不……不……

妙麗 束束縛！

（蝶非被綑綁。）

哈利走向蝶非，他的視線始終沒有離開她，其他人都站在後面。）

哈利 阿不思，你沒事吧？

阿不思 是的，爸，我沒事。

（哈利仍然注視著蝶非，他還是有點怕她。）

哈利　金妮，他有沒有受傷？我要知道他沒事……

金妮　他堅持要來，他是唯一身材瘦小、足以穿過那扇小門的人。我有試著攔阻他。

哈利　只要告訴我他沒事就好了。

阿不思　我沒事，爸，我保證。

（哈利繼續向蝶非靠近。）

哈利　許多人想傷害我——但，我的兒子！妳竟敢傷害我的兒子！

蝶非　我只想認識我的父親。

（這句話令哈利感到意外。）

哈利　妳不可能重新創造妳的人生，妳永遠都會是一個孤兒，這點永遠不會改變。

蝶非　只要讓我——見他。

哈利　我不能，我也不會。

蝶非　（真的傷心）那就殺了我吧。

（哈利想了一下。）

哈利 我也不能這麼做……

阿不思 什麼？爸？她很危險。

哈利 不行，阿不思……

阿不思 可是她是個殺人兇手——我親眼看到她殺人——

（哈利轉頭看他的兒子，接著又看金妮。）

哈利 是的，阿不思，她是個殺人兇手，但我們不是。

妙麗 我們必須比他們更好。

榮恩 沒錯，這令人生氣，但這是我們學會的。

蝶非 拿走我的心智，拿走我的記憶，讓我忘了我是誰。

榮恩 不，我們要帶妳回到我們的時間。

妙麗 而且妳將被關進阿茲卡班，和妳的母親一樣。

踱哥 直到老朽。

（哈利聽到一個聲音，一個嘶嘶聲。

然後一種彷彿死神的聲音——一種以前不曾聽過的聲音。

哈——利——波——特——）

天蠍 那是什麼聲音？

哈利 不，不，還不要。

阿不思 什麼？

榮恩 佛地魔。

蝶非 父親？

妙麗 現在嗎？來了？

蝶非 父親！

蹺哥 默默靜！（蝶非的嘴巴被封住）溫咖癲啦唯啊薩！（她升上空中，飄走了）

哈利 他來了，他現在就要來了。

（佛地魔從舞台後面出現，穿過舞台，走進觀眾席。空氣中充滿了他散發的恨與恐懼。他帶來死神，而且每個人都心裡有數。）

第四幕 第12場

高錐客洞，一九八一年

（哈利無力地望著佛地魔的背影。）

哈利 佛地魔要去殺我媽和我爸了，我卻無法阻止他。

跩哥 那不是真實的。

天蠍 爸，現在不是時候……

阿不思 你還是可以——去阻止他，但你不會這麼做。

跩哥 那樣才是英雄。

（金妮握著哈利的手。）

金妮 你不一定要看，哈利，我們可以回家。

哈利 我要讓它發生……當然就一定得看。

妙麗　那我們就一起見證。

榮恩　我們一起看。

（我們聽到一個陌生的聲音……）

詹姆　（聲音從後台傳來）莉莉，抱哈利先走！是他！走啊！快跑！我來拖住他……

（一聲爆炸，接著一陣狂笑。）

佛地魔　你走開，聽到了嗎——你走開。

（聲音從後台傳來）啊哇呾喀呾啦！

（一道強烈的綠光照亮了觀眾席，哈利不由得瑟縮。

阿不思抓住他的手，哈利握著，這時候他很需要這麼做。）

阿不思　他為所欲為。

（金妮站在哈利身邊，握住他的另一隻手。他靠在他們身上，他們摟著他。）

哈利　那是我媽，她站在窗前。我可以看到我媽，她好美。

（幾扇門連續被炸開，發出劇烈的爆炸聲。）

莉莉（聲音從後台傳來）別殺哈利，別殺哈利，求求你別殺哈利……

佛地魔（聲音從後台傳來）滾到旁邊去，妳這個傻妞……滾到旁邊去……

莉莉（聲音從後台傳來）別殺哈利，求求你放過他，殺我吧，讓我代他死……

佛地魔（聲音從後台傳來）這是最後一次警告……

莉莉（聲音從後台傳來）別殺哈利！求求你……發發慈悲吧……求你發發慈悲……不要殺我兒子！求求你——要我做什麼都行——

佛地魔（聲音從後台傳來）啊哇呾喀呾啦！

（彷彿一道閃電通過哈利全身，他被擊倒在地上，全然悲慟。

接著一陣似乎正緩緩萎縮的尖叫聲在我們的上下左右四周迴盪。

我們只能眼睜睜看著。

眼前的一切慢慢消失。

舞台開始變形、轉動。

哈利、他的家人與朋友也隨著舞台轉動而消失。）

第四幕　第13場

高錐客洞，詹姆與莉莉．波特的房屋，一九八一年

（我們身處一間殘破房屋的燒焦餘燼，一間遭受猛烈攻擊的房屋。海格從中出現，跨過屋內凌亂的殘骸。）

海格　　詹姆？

（他東張西望，看看四周。）

莉莉？？

（他緩慢移動，不想看到太多，也不想太快看到。他完全手足無措。然後他看到他們。他停下腳步，說不出話來。

我們看到他臉上布滿了痛苦。）

喔，喔，這不是——這不是——我沒有……他們告訴我，但——我還抱著一線希望……

（他望著他們，不願相信這是真的，然後低下頭來。喃喃說了幾句話後，從他的口袋掏出幾朵壓扁的鮮花，放在地板上。）

我很抱歉，他們告訴我，他告訴我，鄧不利多告訴我，我不能留下來陪你們。那些麻瓜會開閃藍光的車過來，他們會不喜歡看到我這樣的傻大個兒，是吧？

（他開始啜泣。）

可是我很難就這樣離開你們。我要你們知道——你們不會被忘記——我不會忘記——任何人都不會忘記你們。

（這時他聽到一個聲音——一個嬰兒抽噎的聲音。海格轉頭去看，更加小心謹慎地走過去。

他站在嬰兒床旁邊，低頭看，那裡似乎散發出光芒。）

喔，哈囉，你一定是哈利。哈囉，哈利波特，我是魯霸．海格，不管你喜不喜歡，我以後都會是你的朋友。因為你太辛苦了，雖然你現在還不懂，但你一定會需要朋友。現在你最好還是跟我走，你說是嗎？

（此時出現藍色的閃光，使房間內呈現一種空靈的光輝。海格舉起哈利，溫柔地將他抱在懷裡。

然後——他頭也不回——大步走過房間。

於是我們陷入一片柔柔的黑暗中。）

第四幕 第14場

霍格華茲，教室

（天蠍與阿不思興奮地跑進一個房間，用力把門關上。）

天蠍 我簡直不敢相信我做了那件事。

阿不思 我也不敢相信你做了那件事。

天蠍 玫瑰・格蘭傑－衛斯理，我邀了玫瑰・格蘭傑－衛斯理。

阿不思 然後她拒絕了。

天蠍 可是我開口邀了她。我種下了一粒種子，這粒種子將茁長成我們以後的婚約。

阿不思 你知道你是個不折不扣的幻想家。

天蠍 我同意——只有波麗・查普曼邀過我和她一起參加學校舞會……

阿不思 在那個現實中，你還挺——真的很有人緣，也很受歡迎——另一位女生邀你出去——這表示——

天蠍 是的，按邏輯推論，我應該追求波麗才對——或者容許她來追我——畢竟她是出了名的校花——但玫瑰就是玫瑰。

阿不思 你知道邏輯會把你推論成是個怪胎嗎？玫瑰討厭你。

天蠍 更正。她之前討厭我，但我邀她時，你有沒有注意到她的眼神？那不是討厭，那是同情。

阿不思 同情是好的？

天蠍 同情是一個開始，我的朋友。同情是建立殿堂的基礎——愛的殿堂。

阿不思 我還是認為我們倆當中，我會先找到女朋友。

天蠍 喔，那是一定的，毫無疑問。說不定就是那個新來的濃妝豔抹魔藥學教授——她對你來說應該夠老吧？

阿不思 我才不要老女人！

天蠍 而且你有得是時間——有很多時間——去誘惑她，因為我得花上許多年說服玫瑰。

阿不思 我真佩服你的信心。

（玫瑰上樓，從他們旁邊經過，她看著他們兩個。）

玫瑰　嗨。

（兩個男孩都不知道該如何回答——她望著天蠍。）

玫瑰　如果你再這樣一直怪下去，鐵定會成為怪胎。

天蠍　收到。完全了解。

玫瑰　很好，「天蠍王」。

（她走開，臉上帶著一抹微笑。天蠍和阿不思面面相覷，阿不思咧嘴笑，在天蠍手臂上捶一下。）

阿不思　你或許是對的——同情是一個開始。

天蠍　你想去魁地奇球場嗎？史萊哲林正在和赫夫帕夫比賽——這是一場重要的比賽——

阿不思　我們不是都痛恨魁地奇嗎？

天蠍　人會改變的。再說，我已經開始練習了，我想我今年會加入球隊。走吧。

阿不思　我不行，我爸說好要來——

天蠍　他從魔法部請假過來？

阿不思　他想找我散步——要給我看一樣東西——跟我分享——一件事。

天蠍　散步？

阿不思　我知道，我想是拉攏感情之類的噁心事。但，你知道，我想我會去。

（天蠍伸手摟抱阿不思。）

這是什麼意思？我以為我們已決定不摟摟抱抱了？

天蠍　我不知道，我不知道我腦子裡這個新版的我們是否應該摟摟抱抱。

阿不思　最好先問一下玫瑰這樣做好不好。

天蠍　哈！對，好。

（兩個男孩分開，相視而笑。）

阿不思　晚餐再見。

第四幕 第15場

一座美麗的山丘

（哈利與阿不思在一個美好的夏日相偕登上一座山丘。兩人都沒有開口說話，默默享受灑在臉上的陽光。）

哈利 你準備好了嗎？

阿不思 準備什麼？

哈利 啊，四年級測驗快到了——接下來是五年級——重要的一年——我五年級時——

（他望著阿不思，面帶微笑，很快繼續說下去。）

做了不少事，有些是好的，有些是不好的，也有很多是好也不好的。

阿不思 很高興知道。

（哈利微笑。）

哈利 我觀察了他們——好一陣子——你知道——就是你的爸媽。他們——你們在一起時很快樂。你爸喜歡變出煙圈逗你……呃，你一直咯咯笑。是嗎？

阿不思 我想你一定很喜歡他們，而且我想我也會喜歡他們。

（哈利點頭。他和阿不思都暫時沉默，氣氛稍微尷尬，兩人都想碰觸對方的內心，但不怎麼成功。）

哈利 你知道的，我本來以為他離開我了——我是說佛地魔——我以為他已經離開我——但後來我的疤又開始痛，做夢夢見他，而且我又會說爬說語了。這使我有一種彷彿一切都沒有改變的感覺——彷彿他始終都不曾放過我——

阿不思 是嗎？

哈利 我和佛地魔相通的那個部分很久以前就斷絕了，但這樣仍不足以使我徹底擺脫他——我必須也從心理上將他排除——而對一個四十歲的人來說，我仍有許多要學習的地方。

（他看著阿不思。）

我之前對你說的那件事——實在不可原諒。我無法要求你將它忘記，但我希望我們能跨過去，繼續往前走。

我會試著做一個更好的父親，阿不思，我會試著——對你坦誠……

阿不思 爸，你不需要——

哈利 你對我說過你以為我什麼都不怕。我——我的意思是，事實上我什麼都怕。我是說，我怕黑。這你知道嗎？

阿不思 哈利波特會怕黑？

哈利 我不喜歡狹窄的空間，還有——這件事我沒有告訴過任何人，但我不太喜歡——（他猶豫了一下才說出來）鴿子。

阿不思 你不喜歡鴿子？

哈利 （揉搓他的臉）醜不拉嘰、嘴巴尖尖、髒兮兮的生物。看到牠們我會起雞皮疙瘩。

阿不思 可是鴿子不會傷人呀！

哈利 我知道。但我最害怕的是，阿不思．賽佛勒斯．波特，是做你的父親。因為我是盲修瞎練，大多數人至少都有一個父親為依據——要嘛學習他們的榜樣，要嘛不跟他們一樣。但我沒有——或者說幾乎沒有。所以，我正在學習，好嗎？我會努力嘗試一切我能做的——去成為你的好父親。

阿不思 我也會努力做一個更好的兒子。我知道我不像詹姆，爸，我不可能跟你們兩個一樣——

哈利 詹姆跟我完全不同。

阿不思 是嗎？

哈利 對詹姆來說一切都很容易，而我的童年過得很辛苦。

阿不思 我也是。所以你是說——我——像你？

哈利 事實上，你更像你媽——大膽、性格激烈、風趣——都是我喜歡的特質——我認為這些特質使你成為一個很棒的兒子。

（哈利對阿不思微笑。）

阿不思 但我差點毀掉全世界。

哈利 蝶非現在哪裡都去不了，阿不思——你曝光了她，又找了個方法讓我們對抗她。你現在也許看不出來，但其實是你拯救了我們。

阿不思 可是我不是應該做得更好才對？

哈利 你以為我沒有問過自己同樣的問題嗎？

阿不思　（一顆心往下沉，他知道他的父親不會有這種念頭）還有——我們逮到她時——我真想殺了她。

哈利　你親眼看到她殺害克雷，你很憤怒，阿不思，這是正常的。但你不會這麼做。

阿不思　你怎麼知道？說不定那是我史萊哲林的那一面，說不定那就是分類帽看到的我。

哈利　我真不了解你這顆腦袋，阿不思——事實上，你知道嗎？你現在還在青春期，我不可能了解你的腦袋在想什麼，但我了解你的心。我以前不知道——很長一段時間——但多虧你這次——「逃學」——讓我了解了你的心。史萊哲林也好，葛來分多也好，不管你被貼上什麼標籤——我知道——知道——你有一顆善心——是的，無論你喜不喜歡，你都將成為一個了不起的巫師。

阿不思　噢，我不會成為巫師。我要去賽鴿，我愛賽鴿。

（哈利微笑。）

哈利　你的名字——它們不應該成為你的負擔。即使是阿不思．鄧不利多，也有他自己的考驗——還有賽佛勒斯．石內卜，嗯，你對他已經很了解了——

阿不思　他們都是好人。

哈利　他們都是偉人，有巨大缺點的偉人，而且你知道嗎——幾乎可以說就是那些缺點才使他們更偉大。

（阿不思看看四周。）

阿不思　爸？我們為什麼來這裡？

哈利　我常來這個地方。

阿不思　可是這裡是墓園……

哈利　西追的墓在這裡……

阿不思　爸？

哈利　那個被殺的男孩——克雷・勃克——你和他熟不熟？

阿不思　不太熟。

哈利　我和西追也不太熟。他有可能成為英格蘭隊的魁地奇選手，或成為一位傑出的正氣師。他有可能成為任何人，而且，阿默說得對——西追是被偷走的。所以我來這裡，就是想跟他說一聲對不起，趁我還能的時候。

阿不思　那樣做——很好。

（阿不思和他的父親一起站在西追的墓前。哈利對他的兒子微笑，然後抬頭望著天空。）

哈利 我想今天會是個好天氣。

（他一手搭在他兒子的肩膀上，父子倆——總算有一點點——心意相通。）

阿不思 （微笑）我也這麼認為。

（全劇終）

✵ 幕後製作 ✵

《哈利波特：被詛咒的孩子》由索妮亞・弗利德曼製作公司、柯林・凱蘭德，以及哈利波特劇場製作公司共同監製，並於二〇一六年七月三十日於倫敦皇宮劇院（Palace Theatre）首演。

倫敦首演演員表（依字母排序）

小克雷・勃克　傑瑞米・安・瓊斯（Jeremy Ang Jones）

愛哭鬼麥朵／老莉莉・波特　安娜貝爾・鮑德溫（Annabel Baldwin）

威農姨丈／賽佛勒斯・石內卜／佛地魔王　保羅・班陀（Paul Bentall）

天蠍・馬份　安東尼・波伊爾（Anthony Boyle）

阿不思・波特　山姆・克雷麥特（Sam Clemmett）

妙麗・格蘭傑　諾瑪・杜梅溫妮（Noma Dumezweni）

波麗·查普曼	克勞蒂亞·葛蘭特（Claudia Grant）
海格／分類帽	克里斯·賈曼（Chris Jarman）
楊恩·弗烈德	詹姆斯·勒拉榭（James Le Lacheur）
佩妮阿姨／胡奇夫人／桃樂絲·恩不里居	海倫娜·林柏利（Helena Lymbery）
阿默·迪哥里／阿不思·鄧不利多	巴瑞·麥卡錫（Barry McCarthy）
推車女巫／麥教授	珊蒂·麥戴德（Sandy McDade）
火車站長	亞當·麥納馬拉（Adam McNamara）
金妮·波特	波琵·米勒（Poppy Miller）
西追·迪哥里／小詹姆·波特／老詹姆·波特	湯姆·米利根（Tom Milligan）
達力·德思禮／卡爾·簡金斯／維克多·喀浪	傑克·諾斯（Jack North）
哈利波特	傑米·帕克（Jamie Parker）
蹺哥·馬份	艾列克斯·普萊斯（Alex Price）
禍頭	努諾·席爾瓦（Nuno Silva）
玫瑰·格蘭傑－衛斯理／妙麗（小時候）	雪柔·史基特（Cherrelle Skeete）
蝶非·迪哥里	艾絲特·史密斯（Esther Smith）
榮恩·衛斯理	保羅·索恩利（Paul Thornley）

哈利波特（小時候）

魯迪・古德曼（Rudi Goodman）
艾弗瑞・瓊斯（Alfred Jones）
比利・奇歐（Bili Keogh）
埃萬・魯塞佛（Ewan Rutherford）
納山尼爾・史密斯（Nathaniel Smith）
狄倫・史坦頓（Dylan Standen）

小莉莉・波特

柔依・布洛（Zoe Brough）
克莉絲汀娜・弗瑞（Cristina Fray）
克麗絲提娜・赫欽斯（Christiana Hutchings）

其他角色由下列演員分飾

妮可拉・亞列西斯（Nicola Alexis）、傑瑞米・安・瓊斯（Jeremy Ang Jones）、蘿絲瑪麗・安納貝拉（Rosemary Annabella）、安娜貝爾・鮑德溫（Annabel Baldwin）、傑克・班奈特（Jack Bennett）、保羅・班陀（Paul Bentall）、克勞蒂亞・葛蘭特（Claudia Grant）、詹姆士・霍華德（James Howard）、羅利・詹姆斯（Lowri James）、克里斯・賈曼（Chris Jarman）、馬丁・瓊斯頓（Martin Johnston）、詹姆斯・勒拉榭（James Le Lacheur）、海倫娜・林柏利（Helena Lymbery）、巴瑞・麥卡錫（Barry McCarthy）、安德魯・麥唐納（Andrew McDonald）、亞當・麥納馬拉（Adam McNamara）、湯姆・米利根（Tom Milligan）、傑克・諾斯（Jack North）、史都華・藍塞（Stuart Ramsay）、努諾・席爾瓦（Nuno Silva）、雪柔・史基特（Cherrelle Skeete）。

替補人員

海倫・亞魯科（Helen Aluko）、馬修・班克夫特（Matthew Bancroft）、莫拉・克羅斯（Morag Cross）、齊波・庫瑞亞（Chipo Kureya）、湯姆・麥克理（Tom Mackley）、約書亞・懷爾特（Joshua Wyatt）。

駐團動作導演 努諾・席爾瓦（Nuno Silva）

助理動作組長 傑克・諾斯（Jack North）

語音組長 莫拉・克羅斯（Morag Cross）

✵二〇一七年創意及製作團隊✵

原著	J. K.羅琳（J.K.Rowling）
	約翰・帝夫尼（John Tiffany）
	傑克・索恩（Jack Thorne）
劇本	傑克・索恩（Jack Thorne）
導演	約翰・帝夫尼（John Tiffany）
形體指導	史蒂芬・霍吉特（Steven Hogget）
舞台設計	克里斯汀・瓊斯（Christine Jones）
服裝設計	卡特琳娜・林賽（Katrina Lindsay）
作曲與編曲	伊莫珍・希普（Imogen Heap）
燈光設計	尼爾・奧斯汀（Neil Austin）
音效設計	賈瑞斯・傅萊（Gareth Fry）
視覺與魔幻設計	傑米・哈里遜（Jamie Harrison）
音樂總監與編曲	馬汀・羅威（Martin Lowe）
選角導演	茱莉亞・霍倫（Julia Horan CDG）

製作經理　蓋瑞・畢斯東（Gary Beestone）

舞台製作經理　山姆・杭特（Sam Hunter）

副導演　戴斯・肯內迪（Des Kennedy）

形體副導　尼爾・貝托斯（Neil Bettles）

副舞台設計　布瑞特・巴納吉斯（Brett J. Banakis）

副音效設計　皮特・馬爾金（Pete Malkin）

副視覺與魔幻設計　克里斯・費雪（Chris Fisher）

選角副導　洛特・海因斯（Lotte Hines）

副燈光設計　亞當・金恩（Adam King）

服裝設計監督　莎賓娜・勒馬特（Sabine Lemaître）

髮型、假髮與化妝　卡蘿・韓考克（Carole Hancock）

道具監督　麗莎・巴克萊（Lisa Buckley）、
瑪麗・哈勒岱（Mary Halliday）

音樂編輯　費伊・亞當斯（Phij Adams）

音樂製作　伊莫珍・希普（Imogen Heap）

特殊效果　傑瑞米・柴尼克（Jeremy Chernick）

影像設計　芬恩・羅斯（Finn Ross）、
亞胥・伍華德（Ash Woodward）

對白教練　丹尼爾・林登（Daniel Lydon）

語音教練　理查・萊德（Richard Ryder）

駐團導演　皮普・明尼索普（Pip Minnithorpe）

劇團舞台經理　理查・克雷頓（Richard Clayton）

舞台經理　喬丹・諾伯－戴維斯（Jordan Noble-Davies）

副舞台經理　珍妮佛・泰特（Jenefer Tait）

助理舞台經理　奧立佛・貝格維爾・蒲佛伊
（Oliver Bagwell Purefoy）、
湯姆・基爾丁（Tom Gilding）、
莎莉・殷奇（Sally Inch）、
班・薛拉特（Ben Sherratt）

衣箱主任　艾美・吉羅特（Amy Gillot）

衣箱副主任　蘿拉・沃金斯（Laura Watkins）

衣箱助理　凱特・安德森（Kate Anderson）、

服裝師
黎安・海爾德（Leanne Hired）
喬治・埃米爾（George Amielle）、
梅莉莎・庫克（Melissa Cooke）、
羅西・艾瑟里奇（Rosie Etheridge）、
約翰・歐芬登（John Ovenden）、
艾蜜莉・史威夫特（Emilee Swift）

日間服裝助理　梅麗莎・海德利（Melissa Hadley）

髮型、假髮與化妝主任　妮娜・范・侯登（Nina Van Houten）

髮型、假髮與化妝副主任　愛麗絲・陶恩斯（Alice Townes）

髮型、假髮與化妝助理
雅各・費塞（Jacob Fessey）、
凱西・墨菲（Cassie Murphie）、
喬安娜・欣（Joanna Sim）

音效主任　克里斯・芮德（Chris Reid）

音效副主任　羅溫納・艾德華茲（Rowena Edwards）

No.3 音響　蘿拉・海德（Laura Head）

No.4 音響　貝瑟妮・伍佛德（Bethany Woodford）

音效操作員　凱綸・唐納森（Callum Donaldson）

自動控制主任	喬許・皮特斯（Josh Peters）
自動控制副主任	傑米・勞倫斯（Jamie Lawrence）
No.3 自動控制	傑米・羅布森（Jamie Robson）
表演燈光組組長	大衛・崔納（David Treanor）
表演燈光組副組長	帕迪・馬吉（Paddy Magee）
演員飛行技術員	保羅・葛尼（Paul Gurney）
伴護員	大衛・羅素（David Russell）、艾琳娜・道林（Eleanor Dowling）
總管理處	索妮亞・弗利德曼製作公司（Sonia Friedman Productions）
執行長	黛安・班傑明（Diane Benjamin）
執行製作	潘・史金納（Pam Skinner）
副製作	費歐娜・史都華（Fiona Stewart）、班・坎寧（Ben Canning）
總管理處助理	麥克斯・彼特森（Max Bittleston）
製作助理	依莫珍・克雷－伍德（Imogen Clare-Wood）

行銷經理
瑪格・瑪西（Meg Massey）

行銷與收益主管
馬克・裴恩（Mark Payn）

製作副理（開發部）
露西・拉維特（Lucie Lovatt）

文稿副理
傑克・布雷德利（Jack Bradley）

貴賓席助理
托拜爾斯・瓊斯（Tobias Jones）

原創故事團隊簡介

—故事原創—

J. K. 羅琳　J.K. Rowling

J. K. 羅琳為《哈利波特》系列小說的作者，出版至今已在全世界熱賣四億五千萬冊，並翻譯成七十九國語言。她並將其他三部衍生作品《穿越歷史的魁地奇》、《怪獸與牠們的產地》、《吟遊詩人皮陀故事集》的版權收入全數捐助公益團體。

羅琳也創作了為成人而寫的小說《臨時空缺》，並以羅勃・蓋布瑞斯的化名，書寫一系列以私家偵探柯莫藍・史崔克為主角的犯罪推理小說。《怪獸與牠們的產地》是羅琳的電影劇本處女作，她同時也是這部電影的製作人，這部電影於二〇一六年上映，除了是魔法世界的延伸故事，也是全新五集系列電影的開頭。

—故事原創・導演—

約翰・帝夫尼 John Tiffany

約翰・帝夫尼執導的舞台劇《曾經，愛是唯一》（*Once*），曾在紐約百老匯、倫敦西區和國際上榮獲多座獎項。其他近期作品包含在倫敦藝術劇院、紐約百老匯、愛丁堡國際藝術節、倫敦西區演出的作品《玻璃動物園》（*The Glass Menagerie*），以及在布魯克林音樂學院演出的作品《音樂大使》（*The Ambassador*）。他任職倫敦皇家宮廷劇院副總監期間指導包括《壞心的夫妻消失了》（*The Twits*）、《希望》（*Hope*）、《傳遞》（*The Pass*）在內的多部作品。他為蘇格蘭國家劇院執導的舞台劇《血色童話》（*Let the Right One In*），其後移師倫敦皇家宮廷劇院、倫敦西區、紐約聖安妮倉庫（*St Ann's Warehouse*）劇場等全球巡迴演出。此外還包括《馬克白後傳》（*Macbeth*，同時在林肯中心、百老匯演出）、《調查者》（*Enquirer*）、《失蹤》（*The Missing*）、《小飛俠彼得潘》（*Peter Pan*）、《貝娜妲・阿爾巴大宅》（*The House of Bernarda Alba*）、《轉變凱瑟尼斯：大搜索》（*Transform Caithness: Hunter*）、《在我身邊》（*Be Near Me*）、《無可饒恕》（*Nobody Will Ever forgive Us*）、《酒神的女信徒》（*The Bacchae*，也在林肯中心）、《伊莉沙白・戈登・昆》（*Elizabeth Gordon*

Quinn）、《家園：格拉斯哥》（*Home: Glasgow*），以及《黑色士兵團》（*Black Watch*），此劇全球巡演，並榮獲勞倫斯・奧立佛獎及影評人獎。帝夫尼於一九九六年至二〇〇一年擔任特拉弗斯劇院（Traverse Theatre）副總監、二〇〇一年至二〇〇五年擔任潘恩斯犁巡演公司（Paines Plough）副總監、二〇〇五年至二〇一二年間擔任蘇格蘭國家劇院副總監。二〇一〇至二〇一一學年並榮獲哈佛大學的瑞克利夫獎助金。

—故事原創・編劇—

傑克・索恩　Jack Thorne

傑克・索恩曾為舞台劇、電影、電視及電台編寫許多劇本，他廣受讚譽的舞台劇作有：由約翰・帝夫尼執導的《希望》和《血色童話》、由海德隆巡演公司（Headlong）、金斯頓玫瑰劇場（Rose Theatre Kingston）、舊維克劇場（Bristol Old Vic）及克萊德劇院（Theatr Clwyd）共同製作的《垃圾場》（*Junkyard*），以及為格賴埃劇團（Graeae Theatre Company）及國家劇院編寫的《穩固的糖水人生》（*The Solid Life of Sugar Water*），為愛丁堡國際藝穗節編寫的《凱蒂的異想》（*Bunny*），為倫敦特拉法加工作室（Trafalgar Studios）編寫的《史黛西》（*Stacy*），以及為倫敦布殊劇院（Bush Theatre）編寫的《一九九七年五月二日》（*2nd May 1997*）和《當你撫慰我》（*When You Cure Me*）。他改編的劇本包括在倫敦小劇場東瑪倉庫（Donmar Warehouse）上演的《瘋狂物理學家》（*The Physicists*），以及在倫敦高潮劇場（High Tide Theatre）上演的《史都華：倒帶人生》（*Stuart: A Life Backwards*）。索恩嘉評如潮的電影劇本有：《戰爭手冊》（*War Book*）、《自殺四人組》（*A Long Way Down*）、《童軍手冊》（*The Scouting Book for Boys*）。獲得讚譽的電視劇本有《暗黑粉紅豹》（*The Last Panthers*）、《不要帶走我的孩子》（*Don't Take My Baby*）、《這就是英格蘭》（*This Is England*）、《靈界》（*The Fades*）、《膠》（*Glue*）、《被拋棄的人》（*Cast-Offs*）、《國家淫才》（*National Treasure*）。傑克．索恩得獎無數，二〇一六年榮獲英國學術電視獎最佳迷你劇集（《這就是英格蘭》系列）與最佳單元劇（《不要帶走我的孩子》）獎項。二〇一二年並以《靈界》榮獲最佳影集獎，《這就是英格蘭》榮獲最佳迷你劇集獎。

致謝

感謝《哈利波特：被詛咒的孩子》工作室全體演員、梅爾·肯永（Mel Kenyon）、瑞秋·泰勒（Rachel Taylor）、雅麗珊德莉雅·霍頓（Alexandria Horton）、依莫珍·克雷－伍德（Imogen Calre-Wood）、芙羅倫絲·瑞斯（Florence Rees）、珍妮佛·泰特（Jenefer Tait）、大衛·諾克（David Nock）、瑞秋·梅森（Rachel Mason）、柯林、奈爾、索妮亞、索妮亞·弗利德曼製作公司及The Blair Partnership的全體工作人員。JKR PR的瑞貝卡·薩爾特（Rebecca Salt）。尼卡·努恩斯（Nica Nurns）以及皇宮劇院全體工作人員。最後，當然還要感謝為每一句台詞增色不少的傑出演員。

哈利波特家譜

波特家族是個古老的巫師血脈，
其歷史可追溯至十二世紀。
從那時起，
這個家族已擴展為
許多巫師與麻瓜家庭：
皮福雷、衛斯理，甚至德思禮。

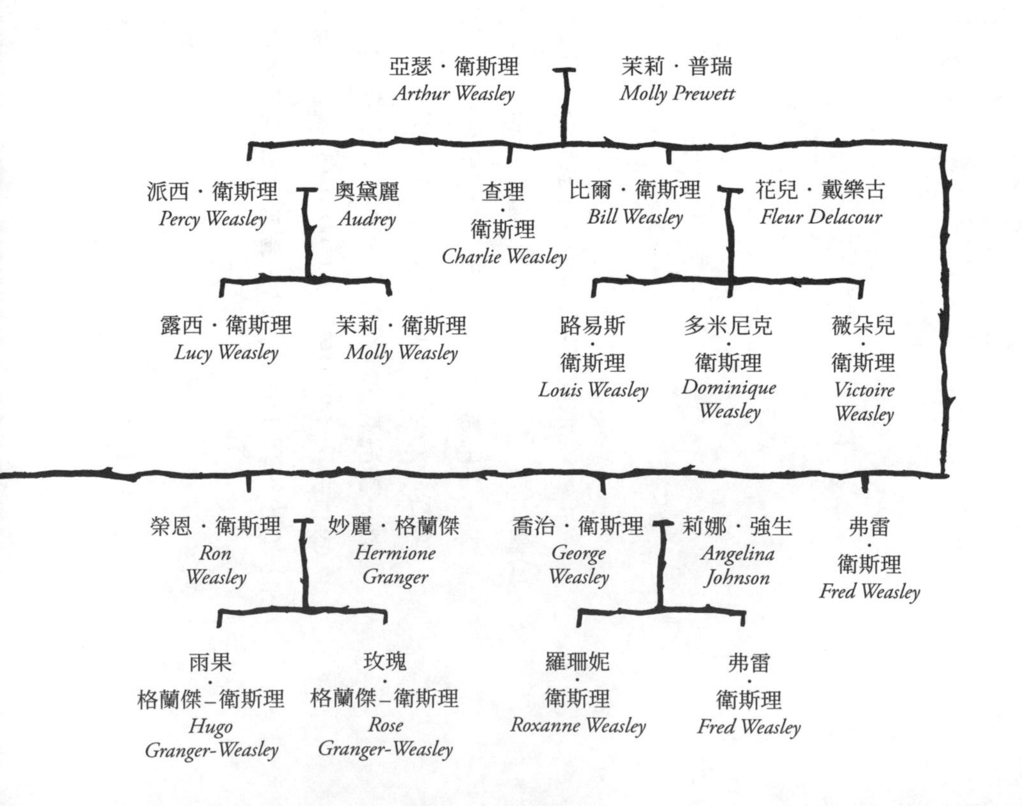

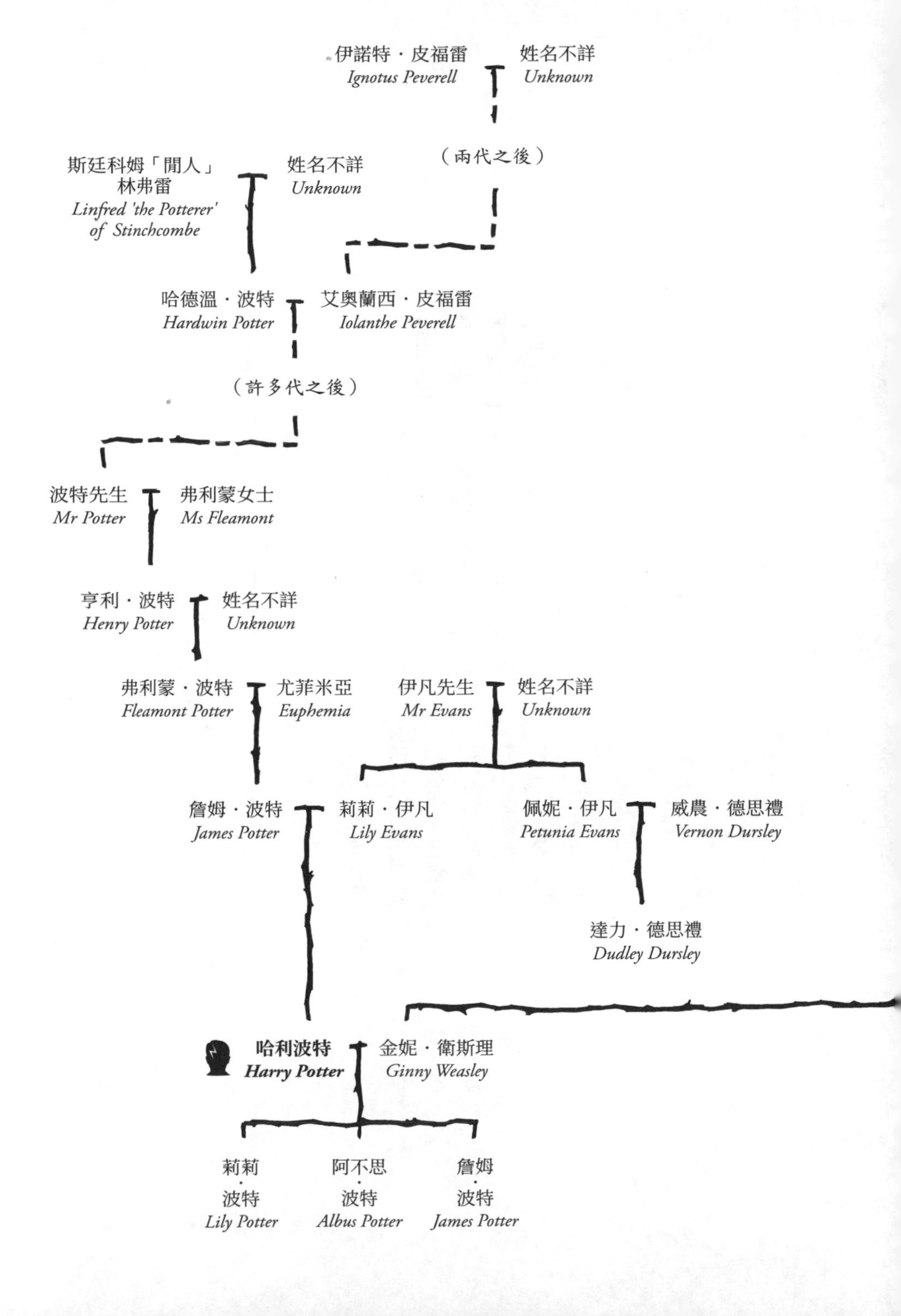
伊諾特・皮福雷
Ignotus Peverell
姓名不詳
Unknown
（兩代之後）
斯廷科姆「閒人」
林弗雷
Linfred 'the Potterer'
of Stinchcombe
姓名不詳
Unknown
哈德溫・波特
Hardwin Potter
艾奧蘭西・皮福雷
Iolanthe Peverell
（許多代之後）
波特先生
Mr Potter
弗利蒙女士
Ms Fleamont
亨利・波特
Henry Potter
姓名不詳
Unknown
弗利蒙・波特
Fleamont Potter
尤菲米亞
Euphemia
伊凡先生
Mr Evans
姓名不詳
Unknown
詹姆・波特
James Potter
莉莉・伊凡
Lily Evans
佩妮・伊凡
Petunia Evans
威農・德思禮
Vernon Dursley
達力・德思禮
Dudley Dursley
哈利波特
Harry Potter
金妮・衛斯理
Ginny Weasley
莉莉・波特
Lily Potter
阿不思・波特
Albus Potter
詹姆・波特
James Potter

哈利波特大事記

一九八〇年七月三十一日

哈利波特誕生於英格蘭高錐客洞。

一九八一年十一月一日

哈利被海格救出，送往他的麻瓜親戚德思禮家，與他們一家人共同生活。他們否認知道所有有關哈利的家族根源。

一九八一年十月三十一日

哈利的父母莉莉與詹姆．波特在他們家中慘遭佛地魔王殺害。成為孤兒的哈利在佛地魔的索命咒逆火反彈之下逃過一劫，只在他的額頭留下一道閃電狀的疤痕。

十年後……

神秘的魔法石

一九九一年七月三十一日

海格將霍格華茲寄給哈利的信交給他，並告訴他：「哈利——你是一個巫師。」

一九九一年九月一日

哈利第一次登上開往霍格華茲魔法與巫術學校的霍格華茲特快車，在車上認識了榮恩·衛斯理和妙麗·格蘭傑。

一九九二年六月

哈利阻撓奎若教授處心積慮奪取魔法石的企圖，並且第二次逃出佛地魔的魔掌。

消失的密室

一九九二年十月三十一日

密室被打開，史萊哲林的怪獸展開一連串攻擊。

一九九二年十二月二十五日

哈利、榮恩與妙麗第一次喝變身水。

一九九三年五月

哈利和榮恩從愛哭鬼麥朵的洗手間進入密室。進入密室之後，哈利殺死蛇妖，並摧毀湯姆・瑞斗的日記，那本日記蠱惑了金妮・衛斯理。哈利拯救了金妮的性命。

阿茲卡班的逃犯

一九九三年八月

哈利在《預言家日報》上閱讀到越獄逃犯天狼星・布萊克的訊息——報導中稱之「或許是阿茲卡班有史以來最惡名昭彰的囚犯」。

一九九三年九月一日

霍格華茲特快車被催狂魔攔截。

一九九四年六月六日

哈利得知天狼星是無辜的——他被誣告，而彼得・佩迪魯才是真正的罪魁禍首。

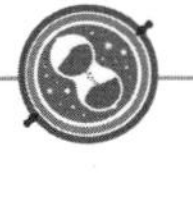

哈利與妙麗利用時光器拯救天狼星，罪魁禍首佩迪魯二度脫逃。

火盃的考驗

一九九四年八月

黑魔標記被召喚出現在魁地奇世界盃上，預示佛地魔東山再起並重新掌權。

一九九四年十一月二十四日

在三巫鬥法大賽的第一項任務中，哈利以他高超的飛行技術，從一隻會噴火的匈牙利角尾龍身邊取出一枚金蛋。

一九九四年九月至十月

鄧不利多教授宣布，三巫鬥法大賽將在停辦了一百多年之後首度恢復舉行。出乎意料地，火盃竟選出年齡不足的哈利參加比賽，使霍格華茲有兩位參賽鬥士：哈利波特與西追·迪哥里。

一九九四年十二月

德姆蘭的鬥士維克多·喀浪邀請妙麗和他一起參加耶誕舞會。哈利和榮恩則分別邀請芭蒂·巴提和芭瑪·巴提。

一九九五年二月二十四日

在三巫鬥法大賽的第二項任務中，哈利使用魚鰓草從湖中救出榮恩和佳兒．戴樂古；幾位評審對他的英勇行為意見分歧。

一九九五年六月二十四日

最後一項任務在一座充滿危險生物與障礙的迷宮中舉行。哈利和西追同為優勝者，但獎盃是一個港口鑰，把他們傳送到一座墓園，佛地魔和他手下的食死人正在那裡等待他們。西追慘遭殺害，悲痛欲絕的哈利帶著西追的遺體——以及佛地魔重新掌權的消息——回到霍格華茲。

鳳凰會的密令

一九九五年九月

魔法部長康尼留斯．夫子拒絕相信佛地魔回來了。他指派邪惡的桃樂絲．恩不里居——鄧不利多的對手——擔任霍格華茲的黑魔法防禦術老師。

一九九五年十月

哈利成立鄧不利多的軍隊，一個由學生組成的團體。他們秘密聚會以對抗恩不里居，並學習她拒絕教他們的防禦術。

一九九六年六月

一整年都在抵抗來自佛地魔眼前景象的哈利看到天狼星處於危險之中。他在幾位摯友的陪同下前往魔法部，再度與佛地魔作戰。

魔法部

哈利找到一個重要的預言，進一步使他的命運與佛地魔的命運緊密交織在一起。

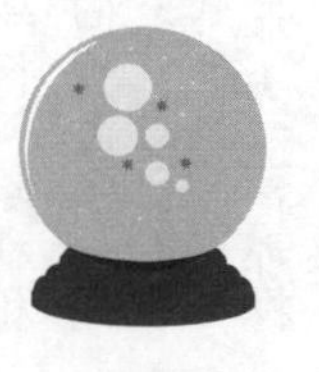

混血王子的背叛

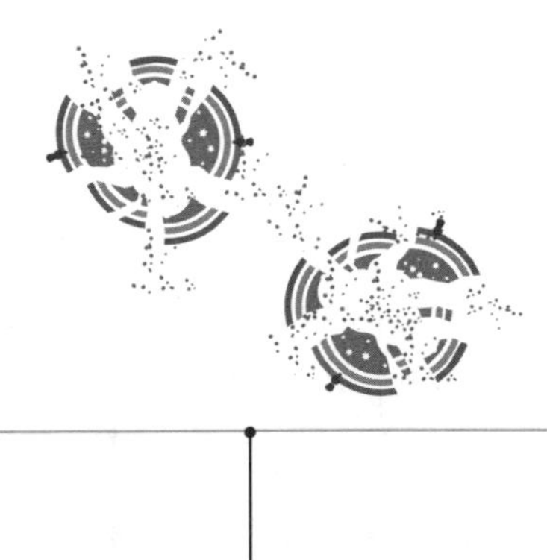

魔法部

天狼星被食死人貝拉・雷斯壯殺害。魔法部的整個時光器庫存在神秘部門的激烈戰鬥中全數摧毀。

一九九七年一月

為了擊敗佛地魔，鄧不利多開始教導哈利了解黑魔王的過去。

一九九七年五月

哈利終於在葛來分多贏得魁地奇盃後親吻金妮。

一九九七年六月

霍格華茲被食死人滲透。在跩哥・馬份未能完成佛地魔交代的謀殺任務後，賽佛勒斯・石內卜代替他殺死了鄧不利多。

死神的聖物

一九九七年八月

魔法部垮台，佛地魔掌權。哈利、榮恩與妙麗繼續奔波，尋找其餘的分靈體，以求最終擊敗黑魔王。

一九九七年十二月

哈利、榮恩與妙麗得知死神的聖物——湊齊三樣東西，擁有者就能成為死亡的主宰。

一九九八年五月

哈利、榮恩與妙麗回到霍格華茲尋找剩餘的分靈體，從而展開霍格華茲大戰。

霍格華茲大戰

佛地魔為了追求死神的聖物而謀殺石內卜以取得接骨木魔杖。哈利得知石內卜深愛他的母親莉莉；他一直都效忠鄧不利多和他所愛的女人，而不是黑魔王。

霍格華茲大戰

明白自己也是其中一個分靈體後，哈利自我犧牲，把自己交給佛地魔以拯救魔法界。

霍格華茲大戰

奈威．隆巴頓殺死娜吉妮，代替哈利摧毀最後的分靈體。

霍格華茲大戰

哈利在佛地魔的最後攻擊中倖存，最終擊敗了他。

十九年後……

二〇一七年九月一日

哈利（這年三十七歲）與金妮結婚並育有三個孩子，他們在王十字車站的九又四分之三月台遇到榮恩與妙麗．格蘭傑-衛斯理。他們的孩子阿不思．波特和玫瑰．格蘭傑-衛斯理，即將入學霍格華茲就讀一年級。阿不思擔心他會被分到史萊哲林，哈利安慰他：「阿不思．賽佛勒斯，你是以霍格華茲兩任校長的名字命名，其中一位就是來自史萊哲林，而他或許是我這輩子所認識最勇敢的人。」火車汽笛響了，阿不思和玫瑰的旅程就此展開。

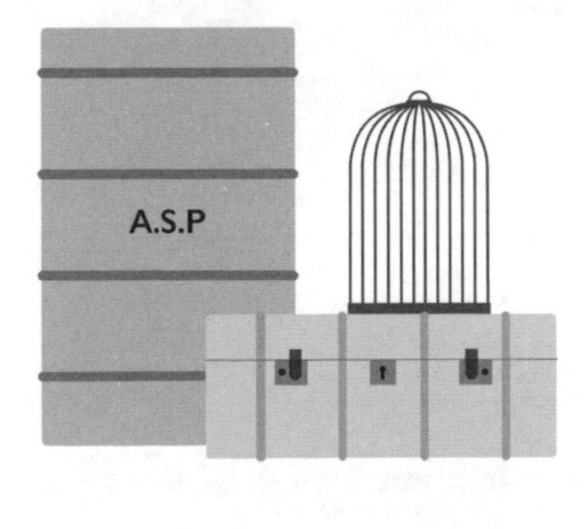

國家圖書館出版品預行編目資料

哈利波特：被詛咒的孩子／J. K. 羅琳、約翰・帝夫尼、傑克・索恩 原著劇本；傑克・索恩 劇本執筆；林靜華 譯. -- 二版. -- 台北市：皇冠, 2022. 07
面; 公分. --(皇冠叢書；第5038種)(Choice；354)
譯自：Harry Potter and the Cursed Child, Parts One and Two: The Definitive and Final Playscript
ISBN 978-957-33-3908-3（平裝）

873.55　　111009033

皇冠叢書第5038種
CHOICE 354

哈利波特：被詛咒的孩子

【最終收藏版】

Harry Potter and the Cursed Child,
Parts One and Two: The Definitive and Final Playscript

原創故事—J. K. 羅琳、約翰・帝夫尼、傑克・索恩
劇本執筆—傑克・索恩
譯　　者—林靜華
發 行 人—平　雲
出版發行—皇冠文化出版有限公司
台北市敦化北路120巷50號
電話◎02-27168888
郵撥帳號◎15261516號
皇冠出版社(香港)有限公司
香港銅鑼灣道180號百樂商業中心
19字樓1903室
電話◎2529-1778　傳真◎2527-0904
總 編 輯—許婷婷
責任編輯—蔡承歡
美術設計—嚴昱琳
著作完成日期—2016年
二版一刷日期—2022年7月
二版六刷日期—2024年5月
法律顧問—王惠光律師

讀者服務傳真專線◎02-27150507
電腦編號◎375354
ISBN◎978-957-33-3908-3
Printed in Taiwan
本書定價◎新台幣480元/港幣160元